*Das Bedürfnis
und die
Vergewaltigung*

Helmut Schlitte

Das Bedürfnis und die Vergewaltigung

Bibliografische Information der Deutschen Nationalbibliothek:
Die Deutsche Nationalbibliothek verzeichnet diese Publikation
in der Deutschen Nationalbibliografie; detaillierte bibliografische
Daten sind im Internet abrufbar über:
http://dnb.d-nb.de

© 2008 Helmut Schlitte
Satz, Umschlagdesign, Herstellung und Verlag:
Books on Demand GmbH, Norderstedt
Titelillustration: Daniela Henninger

ISBN: 978-3-8334-8897-9

Inhalt

Zugbekanntschaft   7

Die Versuchung   13

Apachenkeller   21

Die Telefonnummer   43

Zugbekanntschaft

Abschied von Gernsbach.
Die letzten Tage dort verflogen schnell und ich kann keineswegs sagen, dass mir die Trennung von Gernsbach leicht fiel. Immerhin hatte ich dort zehn Monate verbracht, Freunde gewonnen und Anerkennung gefunden.

Nun war der Zeitpunkt gekommen, dieses freundliche Städtchen zu verlassen, um in Hamburg meine Kellnerlehre anzutreten. Ich war durchaus unsicher, ob ich überhaupt für diesen Beruf geeignet war. Aber mein Wunsch, nach Hamburg zurückzukehren, ließ mich alle guten Ratschläge und Bedenken meines Vaters vergessen, der seinem Beruf nicht viele gute Seiten nachsagte. Außerdem stellte ich mir vor, dass es schwer sein musste, in Gernsbach aus dem Arbeiterstand herauszukommen. Wer in Gernsbach vermögend war, blieb vermögend, und wer Arbeiter war, blieb Arbeiter. Doch ich wollte aus diesem Stand heraus. In Gernsbach bei Mercedes-Benz zu lernen, diese Möglichkeit hatte ich. Aber ich wollte meine berufliche Zukunft in Hamburg beginnen.

Der Kellnerberuf zählt zu den angesehenen Tätigkeiten, wenn man in den so genannten guten Häusern arbeitet. Dort herrscht eine Hierarchie: Als Page beginnt man die Hotellaufbahn, nach der Pagenzeit folgt die Kellnerlehre und nach deren Abschluss wird man als Commis beschäftigt. Die Commis-Zeit währt in der Regel ein halbes Jahr. Danach wird man für ein Jahr als Demi-Chef eingesetzt und darauf als Chef de rang eingestuft.

Wenn sich ein Chef de rang durch fachliche Leistungen und im Umgang mit den Gästen hervortut und die Position des Maître (Oberkellner) vakant ist, wird der Chef de rang als Oberkellner eingesetzt.

Sind die notwendigen gastronomischen Leistungen, Führungsqualitäten, Auslandserfahrungen und Sprachkenntnisse gegeben, sind die Voraussetzungen für den Posten eines Hotel- und Restaurantdirektors erfüllt. Mit dieser Position hat man den Höhepunkt der gastronomischen Laufbahn erreicht.

Es beruhigte mich, zu wissen, dass der Beruf Aufstiegschancen und gesellschaftliches Ansehen bot. Ich wusste, dass in diesem Beruf viel Geld zu verdienen war. Und Geld regiert die Welt.

Ich trug an jenem Nachmittag, an dem ich Gernsbach verlassen musste, meinen Koffer zum Bahnhof. Plötzlich erblickte ich drei Mädchen, mit denen ich mich einige Male getroffen hatte. Ich stellte meinen Koffer ab und ging auf sie zu. Meine Eltern bat ich, schon weiterzugehen. Ich freute mich, dass die Mädchen gekommen waren, um sich von mir zu verabschieden.

„Schade, dass du nicht bei uns bleibst", sagte Karin. „Wir sind enttäuscht. Hoffentlich ist es richtig für dich, nach Hamburg zurückzukehren."

Ich war sprachlos, zu hören, dass die drei es gern gesehen hätten, wenn ich in Gernsbach geblieben wäre.

Lottelore drückte mir zum Abschied eine Rose in die Hand. Ich sah die drei an und es schien mir etwas unwirklich, dass Karin, Lottelore und Hannelore mich gern dabehalten hätten.

Aus einiger Entfernung sahen meine Eltern mir zu. Sie warteten bereits ungeduldig auf mich. Ich gab ein Zeichen mit der Hand, dass ich gleich kommen würde und sie weitergehen sollten.

„Ich habe keine Zeit mehr, zu erklären, warum ich diese Lehre anfange", sagte ich zu den dreien. „Aber es ist nicht ausgeschlossen, dass ich nach Gernsbach zurückkehren werde, wenn das Hotel zerbombt werden sollte."

Das Bedürfnis und die Vergewaltigung

Die drei begleiteten mich zum Bahnhof und warteten mit mir, bis der Zug einlief und ich mit meinen Eltern eingestiegen war. Ich kurbelte das Abteilfenster herunter und lehnte mich hinaus. Die drei Mädchen winkten mit ihren Taschentüchern, als sich der Zug in Bewegung setzte. Irgendwie beneidete ich sie in diesem Augenblick. Ihre Zukunft war in diesem sympathischen Städtchen gesichert, wogegen bei mir alles noch im Unklaren lag.

Die Mädchen verschwanden aus meinen Augen und ich schloss das Abteilfenster und setzte mich zu meinen Eltern. In Rastatt verließen wir den Zug. Meine Eltern gingen in den Wartesaal. Nur wenige Leute befanden sich auf dem Bahnsteig. Ganz in meiner Nähe stand eine junge Frau. Sie sah gut aus und hatte eine Bilderbuchfigur. Ein kleiner moderner Hut bedeckte ihr dunkles Haar. Sie trug schlichte, aber teure Kleidung und wirkte wohlhabend. Ich beobachtete sie eine Zeitlang, dann wandte ich meinen Blick von ihr ab, obwohl ich mich eigentlich nicht satt sehen konnte. Ich bedauerte in diesem Augenblick, dass ich zu jung war, um einen Flirt zu beginnen.

Meine Eltern kamen aus dem Wartesaal zurück. Es konnte nicht mehr lange dauern, dann musste, wenn alles gut ging, der D-Zug nach Hamburg eintreffen.

Die junge Frau wandte sich, zu meiner Freude, an uns und bat, ihr behilflich zu sein, ihren Koffer in den Zug zu reichen, denn sie befürchtete, dass der Zug überfüllt sei. Für mich war es eine gute Gelegenheit, mit ihr ins Gespräch zu kommen.

Der D-Zug traf pünktlich ein. Meine Eltern und die junge Frau stiegen ein, mein Vater öffnete das Abteilfenster und ich reichte ihm die beiden Koffer.

Irgendwie schien es mein Glückstag zu sein. Die junge Frau, meine Eltern und ich bekamen einen Sitzplatz im Abteil. Wir hatten damit gerechnet, den größten Teil der Reise auf dem Gang stehen zu müssen.

In jenen Tagen im Jahre 1944 waren die Züge alle überfüllt und man fand sich damit ab, auf seinem Koffer im Gang zu sitzen oder dort zu stehen.

Die junge Frau saß mir gegenüber und bedankte sich noch einmal für unsere Hilfe. Der Zug setzte sich fauchend, pustend und stampfend in Bewegung, nahm Fahrt auf und am Abteilfenster zog die Landschaft vorbei. Wenn nicht dieser furchtbare Krieg gewesen wäre, der an allen Fronten tobte, und nicht täglich die Bomberflotten der Alliierten Tod und Verderben über die deutschen Städte verbreitet hätten, hätte man annehmen können, wir befänden uns in diesem Augenblick im tiefsten Frieden.

Ich sah zu der jungen Frau. Mein Vater unterhielt sich mit einem Soldaten, der aus Frankreich kam und acht Tage Urlaub erhalten hatte. Der Soldat schwärmte von Frankreich und sagte, er sei froh, nicht in Russland sein zu müssen.

Die Dämmerung brach herein und die Landschaft hüllte sich in völlige Dunkelheit. Es wurde Zeit, den Vorhang vom Abteilfenster zuzuziehen. Bei möglichen Angriffe feindlicher Bomber durfte kein Licht nach außen dringen.

Im Abteil war es stockfinster. Jeder Platz war besetzt. Ich begann ein Gespräch mit meinem Gegenüber. Wir sprachen über den Schwarzwald. Ungewollt berührte ich mit meinem Knie das Knie der jungen Frau. Ich erschrak und zog es vorsichtig zurück, um nicht tollpatschig zu erscheinen. Ich entschuldigte mich aber nicht, sondern sprach weiter. Völlig überrascht spürte ich ihr Knie zwischen meinen Oberschenkeln. Sie sprach leise weiter und tat so, als ob außer unserem Gespräch nichts Bemerkenswertes geschehen war. Gegen Mitternacht wurde neben mir ein Sitzplatz frei. Sie setzte sich zu mir.

Meine Mutter begann laut zu schnarchen. Sie schlief fest und lehnte sich an meinen Vater, der ebenfalls schlummerte, wie die anderen Personen in unserem Abteil.

Bis zu diesem Augenblick hatten unsere Beine sich aneinander gepresst und gerieben und ich hatte zärtlich und zaghaft ihre Schenkel gestreichelt. Nun drückte sie ihren Mund auf meinen und küsste mich innig. Ich ließ sie gewähren und erwiderte den Kuss. Offenbar taugte ich dieser reifen Frau durchaus zum Liebhaber und wenn wir irgendwo allein gewesen wären, hätte sie mich gewiss in die Kunst der körperlichen Liebe eingeweiht. So aber waren dem Liebesspiel Grenzen gesetzt.

Als die Morgendämmerung heraufzog und die Nacht wieder zum Tag wurde, saßen wir brav wie unschuldige Engel auf unseren Plätzen und sie erzählte mir aus ihrem Leben. Sie sagte, ihr Mann sei bei Blohm & Voss dienstverpflichtet. Sie sei mit ihrem Jungen aus Celle nach Rotenfels in den Schwarzwald einquartiert worden, um den Fliegerangriffen nicht ausgesetzt zu sein. Mit ihrem Mann lebe sie in Scheidung. Sie gab mir ihre Anschrift in Celle und sagte, ich solle sie einmal besuchen. Ich könne auch bei ihr übernachten, sie habe ein Gästezimmer.

Als wir uns Hamburg näherten, dachte ich, es wäre schön, wenn diese Reise nie zu Ende ginge.

Wir verabschiedeten uns wie gute Freunde und ich sagte ihr, vielleicht lasse es sich einrichten, dass ich einmal nach Celle käme und sie besuche.

Aber ich wusste, dass ich sie nicht besuchen würde. So verlockend das Angebot war, aber mit meinen knapp 16 Jahren und am Anfang einer Lehre gab es keinen Raum für unberechenbare Abenteuer. Ich musste erst einmal meinen Platz im Leben erobern.

Ich sah ihr nach und dachte: Es ist schon merkwürdig, diese gut aussehende und wohlhabende junge Frau küsst heiß und innig im Abteil eines fahrenden Zuges einen Jüngling.

Die Versuchung

Die Fahrt nach Elsass-Lothringen war geplant. Wir wollten gemeinsam in Clausmatt den Landwirt und Gaststättenbesitzer Herrn Solt besuchen. Mit von der Partie waren meine Eltern, meine Schwester, die Freundin meiner Schwester, Lisa, und meine Schwägerin Hella.

Mein Schwager Wilfried Burchard war Feldwebel an einer 8,8-cm-Flakbatterie und besaß viele Auszeichnungen. Er war immer an vorderster Front und kämpfte derzeit in Russland.

Wilfried hatte ich nur ein Mal kennen gelernt, als er für 14 Tage Fronturlaub erhalten hatte. Ich hatte mich mit ihm über den Krieg unterhalten, obwohl er nicht gern darüber sprach. Ich mochte Wilfried sehr. Er musste ein beliebter Vorgesetzter sein, denn er hatte ein angenehmes Wesen. Kurz vor Ende seines Fronturlaubs sagte ich zu ihm: „Wilfried, pass gut auf dich auf, dass du gesund und wohlbehalten diesen furchtbaren Krieg überstehst!"

Mit einem etwas gedrückt wirkenden Lächeln antwortete Wilfried: „Heiko, dies wird mein letzter Urlaub sein. Ich komme nicht mehr zurück. Ich bleibe draußen."

Ich war betroffen und schwieg. Nach einer kleinen Pause sagte ich: „Wilfried, so etwas darfst du nicht denken! Wenn man einen Schutzengel hat, kann einem nichts zustoßen."

Wilfried legte seine Hand auf meine Schulter und sagte: „Ich wünsche mir, du hättest Recht. Aber ich glaube nicht daran. Ich spüre einfach, dass dies mein letzter Urlaub ist. Lass uns nicht mehr darüber sprechen."

Wilfried kehrte wieder zu seiner Flakbatterie nach Russland zurück.

Meine Schwägerin, Wilfrieds Ehefrau, befürchtete, sie werde

nicht rechtzeitig am Bahnhof sein, weil sie vielleicht verschlafe. Es sei recht gut, wenn ich diese Nacht bei ihr schliefe, damit sie den Zug nicht verpasse.

Ich bat meine Eltern um Zustimmung, die Nacht vor unserer Reise nach Clausmatt bei meiner Schwägerin Hella zu verbringen. Wir alle wollten, dass uns Hella begleitete. Meine Eltern willigten ein.

Ihre Familie hatte Hella verstoßen. Umgang mit ihr wurde gemieden. Sie passte nicht in die Vorstellungen einer Beamtenfamilie. Hella hatte Ähnlichkeit mit einer Zigeunerin. Sie lachte laut und auffällig und benahm sich wie eine stolze Spanierin.

Mit einer Tasche ausgerüstet, die mein Schlaf- und Waschzeug enthielt, ging ich gegen Abend nach Scheuern. Hella hatte dort eine kleine Wohnung im Hause meines Klassenkameraden Friedrich Baierlein. Das Haus war schon alt und ziemlich eng. Die Holztreppe, die zu ihrer Wohnung führte, war ausgetreten und knarrte unter den Füßen.

Ich klopfte an ihre Wohnungstür und sie rief mit einer Stimme, die ein wenig nach Zarah Leander klang: „Herein!" Ihre Wohnung bestand aus einer winzigen Küche, einem kleinen Schlafzimmer und einem Abstellraum. In der Küche stand ein Tisch mit zwei Stühlen. Am Eingang befand sich ein bescheidener Küchenherd, der, wie es zu der Zeit üblich war, mit Kohlen befeuert wurde. An der Decke waren Wäscheleinen gespannt. Auf den Leinen hingen Hellas Schlüpfer, in die verschiedene durchsichtige Muster eingearbeitet waren. Auf diese Weise konnte die Trägerin nackte Haut zeigen.

So muss Reizwäsche aussehen, dachte ich. Diese Wäschestücke hätten wirklich zu einem anderen Zeitpunkt dort zum Trocknen aufgehängt werden können. Im Unterbewusstsein ahnte ich, welche Absicht vielleicht damit verbunden war, dass man mir diese Reizwäsche vorführte. Gleichzeitig konnte ich mir nicht vorstellen, dass meine Schwägerin den riskanten Versuch unternehmen würde, mich zu verführen. Schnell verdrängte ich diese Gedanken und sagte mir, es sei nicht meine Aufgabe als Gast, an Hellas Gewohnheiten Kritik zu üben. Sollte sie aber eine gute Psychologin sein und beabsichtigen, mich zu verführen, musste sie sich ziemlich sicher sein, dass ich über alles Stillschweigen bewahren würde. Sie schätzte offenbar ihre Wirkung auf das männliche Geschlecht richtig ein. Die feurige, mit reichlich weiblichen Reizen ausgerüstete 30-Jährige hatte offenbar bei den Männern leichtes Spiel, schoss es mir durch den Kopf. Oder bildete ich mir das nur ein?

Sie hatte mich freundlich empfangen und sich erkundigt, ob ich schon zu Abend gegessen hätte. Ohne meine Antwort abzuwarten, entschied sie nun mit einem verschmitzten Lächeln, dass wir gemeinsam eine Kleinigkeit zu uns nehmen würden. Sie stellte sich an den Herd und bereitete ein Pilzomelett zu. Sie war eine ausgezeichnete Köchin, wie offenbar alle Schwarzwälder Frauen. Es roch köstlich.

Hella sah während des Kochens hin und wieder zu mir. Ich hätte gern gewusst, was sie dachte, als sie mich so intensiv musterte.

Sie deckte den Tisch und fragte mich, was ich trinken wolle. Ich entschied mich für Tee. Hella meinte, ich könne auch einen frischen Apfelwein zum Essen haben. Aber ich lehnte ab, weil ich mit dem Wein schlechte Erfahrungen gemacht hatte.

Sie bereitete den Tee zu, stellte ihn auf den Tisch und sagte: „Mir ist so schrecklich heiß. Ich ziehe mir etwas Leichteres an."

Ich hatte nichts dagegen.

Hella stand vom Tisch auf und entkleidete sich vor mir. Ich drehte mich um und blieb brav am Tisch sitzen.

Hella lachte laut. „Du kannst dich wieder umdrehen."

Sie trug jetzt nur einen Schlüpfer und einen Büstenhalter.

Ich erschrak, aber ließ mir nichts anmerken. Ich wollte mich nicht schockiert zeigen.

„So, nun fühle ich mich wohl", stellte Hella fest.

Schlüpfer und Büstenhalter waren durchsichtig und zeigten nackte Haut. Hella hätte sich auch unbekleidet an den Tisch setzen können, das hätte keinen Unterschied gemacht. Mir war nun klar, was Hella mir mit der auf der Leine hängenden Wäsche signalisieren wollte. Angesichts ihrer freizügigen Art, sich so gut wie nackt mir gegenüber zu zeigen, war überdeutlich, worauf das Ganze hinauslaufen sollte.

Ich begriff nun, warum mich mein Klassenkamerad Friedrich, in dessen Elternhaus Hella ihre Wohnung hatte, mich so merkwürdig angeschaut hatte. Friedrich ging sicherlich davon aus, dass ich Hellas Lustobjekt für diese Nacht sein würde.

Hellas Sexgier war offenbar so groß, dass es keine Rolle spielte, ob sie mit einem Halbwüchsigen oder einem Mann ins Bett ging. Vielleicht steigerten junge unerfahrene Burschen das Lustgefühl reifer Frauen?

Ich hatte noch nie mit einer Frau geschlafen. Aber ich war dazu körperlich durchaus in der Lage. Was würde nach so einer Nacht auf mich zukommen? Sicherlich viele Probleme, und ich war nicht bereit, mich darauf einzulassen. Ich überlegte, ob ich nicht kurz entschlossen mich mit einer Ausrede von ihr verabschieden und zurück nach Gernsbach gehen sollte. Man würde mich natürlich fragen, warum ich nicht bei Hella geblieben war. Gewiss hätte es böses Blut gegeben. Daher verwarf ich diesen Gedanken. Ich spielte den naiven, unerschütterlichen Burschen. Hätte ich wie ein Kind vor einer Gefahr weglaufen sollen?

Während des Essens wollte Hella wissen, ob ich schon eine feste Freundin hatte. Als ich verneinte, meinte sie lachend, es würde langsam Zeit für mich, Liebe sei doch etwas Schönes. In diesem Zusammenhang erzählte sie, sie könne leider keine Kinder bekommen und deshalb Liebe machen nach Herzenslust. Ich verstand diese Bemerkung als Aufforderung: Du kannst mich nehmen und dich mit mir sexuell austoben, ohne vor möglichen Folgen Angst zu haben. Nun stand für mich fest, dass sie es darauf angelegt hatte, mit mir zu schlafen. Sicherlich hätten unzählige Männer diese feurige, körperlich wohlgestaltete und nach Sex dürstende junge Frau, die in der Blüte ihres Lebens stand, als ein Geschenk des Himmels betrachtet und mit ihr eine oder mehrere Nächte verbracht. Ich aber war in diesem Augenblick reichlich verunsichert und wusste nicht, was ich tun sollte. Viele junge Männer möchten wohl von einer reifen Frau in die sexuelle Liebe eingeführt werden und unter anderen Vorzeichen hätte ich lächelnd in das erste sexuelle Abenteuer meines Lebens mit dieser attraktiven Frau eingewilligt. Aber da tauchte vor meinem geistigen Auge Hellas Ehemann, mein Schwager Wilfried, auf. Wilfried, der irgendwo in Russland als Oberfeldwebel mit seiner Flakbatterie in Kämpfe verwickelt und ständig in Lebensgefahr war, durfte ich nicht enttäuschen. Wilfried war wie ein guter Freund zu mir, obwohl ich ihn nur kurz kannte. Ich fühlte mich ihm gegenüber doppelt verpflichtet. Ich fragte mich, was er von mir denken müsste, wenn ich mit Hella in seinem Bett Sex hätte. Vielleicht lag er gerade jetzt, da ich bei Hella war, irgendwo in Russland mit seinen Kameraden im Morast und kämpfte verzweifelt ums Überleben. Und ich sollte mich zum gleichen Zeitpunkt von seiner Ehefrau verführen lassen? Ich würde brav dieser Versuchung standhalten.

Nach dem Abendessen saßen wir noch eine Zeitlang in der Küche, dann sagte Hella: „Es ist jetzt Zeit, ins Bett zu gehen. Wir müssen morgen früh pünktlich am Bahnhof sein. Ich mache den Anfang und gehe als Erste ins Bett."

Ich wandte meinen Blick von ihr ab. Hella lachte. Es schien

ihr Spaß zu machen, als sie sagte: „Du brauchst nicht wegzusehen. Du kannst mir nichts weggucken."

Ich blickte sie nun an und sie stand vor mir in ihrer ganzen schönen Nacktheit. Sie war ein Teufelsweib und mir wurde klar, dass die Verwandten sie ablehnen mussten und sich vielleicht auch noch ihretwegen schämten. Sie passte mit ihrer Art zu leben nicht in diese ländliche Umgebung, wo jeder jeden genau kannte. In einer Großstadt wäre sie besser aufgehoben gewesen und hätte ihre Sexualität ausleben können. In der Großstadt war es möglich, ein Doppelleben zu führen, aber nicht in Scheuern oder Gernsbach.

Sie legte sich nackt ins Ehebett und rief: „Komm endlich ins Bett, oder hast du Angst vor mir?" Dann lachte sie schrill.

Ich hatte Angst vor ihr, weil ich vielleicht die Kontrolle über mich verlieren würde, aber ich musste mit ins Ehebett kommen, denn eine andere Schlafmöglichkeit gab es in dieser kleinen Wohnung nicht.

Im Halbdunkeln ging ich ins Schlafzimmer und legte mich neben sie. Bekleidet war ich mit einem Schlafanzug.

„Soll ich dich wärmen kommen?", fragte Hella. „Wie fühlst du dich? Du bist ja ganz kalt." Sie schob ihre Hand unter meine Steppdecke, strich mir über den Arm und lachte wieder. „Friert dich?"

Ich hielt ihre Hand fest und sagte: „Hella, bitte lass uns endlich schlafen."

„Wie du meinst!" Sie klang leicht verärgert. Vielleicht hatte sie, nackt und appetitlich nach französischem Parfum duftend, bis eben gehofft, mich doch noch umstimmen zu können.

„Gute Nacht, Hella!", sagte ich nachdrücklich.

Sie antwortete nicht und tat, als schliefe sie schon.

Ich wickelte mich in meine Schlafdecke, um sicher zu sein, dass unsere Körper sich nicht berührten. Schlafen konnte ich nicht. Ich dachte darüber nach, mit wie vielen Männern Hella es schon getrieben haben mochte. Ich dachte an Burschen meines Alters. Ob sie ebenso standhaft gewesen wären wie ich? Vielleicht würden sie mich für verrückt erklären, wenn sie wüssten, welchen inneren Kampf ich mit mir ausfocht, um dieser Frau zu widerstehen.

Zugegeben, die Verlockung war riesengroß, von einer reifen, attraktiven Frau in die Geheimnisse der Liebe eingeweiht zu werden. Aber ich dachte nicht daran, meinen Vorsatz aufzugeben, um diese unverhoffte Gelegenheit zu nutzen.

Das Fenster unseres Schlafzimmers stand offen und ich hörte die Kirchturmuhr die Viertelstunde, die halbe Stunde, die Dreiviertelstunde und die volle Stunde schlagen. Ich lauschte auf jedes Geräusch und die Nacht schien zu einer Ewigkeit zu werden. Neben mir lag Hella und schlief.

Ich musste für Hella eine große Enttäuschung sein. Sie war selbstbewusst, willensstark und intelligent und dürfte mich vielleicht ein wenig verflucht haben, um ein sexuelles Erlebnis gekommen zu sein.

Ich bewunderte sie, weil sie einen beachtenswerten Stolz an den Tag legte. Ich mochte Hella. Sie war aufrichtig und sagte, was sie dachte. Das Verhalten ihrer Eltern und Geschwister Hella gegenüber war mir unverständlich. Sie war nun einmal so, wie sie war.

Endlich schlief ich ein.

Am nächsten Morgen weckte mich Hella in aller Herrgottsfrühe. Sie lachte und fragte mich verschmitzt, ob ich gut geschlafen hätte. Sie ließ sich keine Verärgerung anmerken und war mir vielleicht dankbar, dass ich mich nicht hatte verführen lassen. Sex musste wie ein Rauschzustand sein, dem viele Menschen nicht widerstehen konnten, nach dem sie aber aus irgendeinem Grunde Reue empfanden.

Hella bereitete für uns zwei ein für die Kriegszeit ungewöhnliches Frühstück mit Spiegeleiern und Schinken und

Brot mit Butter, Marmelade und Honig sowie schwarzem Tee.

Wie vorgesehen, waren Hella und ich pünktlich am Gernsbacher Bahnhof und wurden von Eltern, Schwester und deren Freundin in Empfang genommen. Hella machte einen frischen Eindruck und unterhielt sich auf der Fahrt nach Elsass-Lothringen lebhaft. Ich aber musste mich sehr zusammenreißen, um nicht jeden Augenblick einzuschlafen.

„Karl, sieh einmal, wie müde der Junge ist!", sagte meine Mutter zu meinem Vater.

„Du weißt doch, wie schwer es Heiko fällt, früh aufzustehen", antwortete mein Vater.

Hella lachte, sah mich an und sagte: „Heiko, bist du müde? Wir sind doch relativ früh ins Bett gegangen."

Ich lachte, nickte und dachte: Hella, du bist unmöglich, aber ich mag dich so, wie du bist. Ich begreife nicht, warum Eltern ihr Kind ablehnen, wenn es nicht ihren moralischen Vorstellungen entspricht.

Apachenkeller

Im Hotelgewerbe lernt man die unterschiedlichsten Gäste kennen. Einige von ihnen kommen nur ins Hotel, um zu nächtigen. Andere wiederum wollen sich amüsieren, Sightseeing in Hamburg unternehmen, eine Messe besuchen oder in einer gepflegten Umgebung unerkannt Sexbedürfnisse ausleben. Für den Fremden, der Hamburg das erste Mal besucht, scheint es eine Pflichtübung zu sein, das Sündenbabel, die Reeperbahn, zu sehen.

Die Reeperbahn, die vor dem Krieg weltweit einen guten Ruf genoss, war jedoch nach dem Zweiten Weltkrieg nicht wiederzuerkennen: ein Ort des grenzenlosen Lasters und der Verrohung der Sitten.

Es ist nicht ungewöhnlich, dass leitende Angestellte von ihrem Vorstand beauftragt werden, ihre Geschäftspartner auf Kosten des Unternehmens durch einen Besuch auf der Reeperbahn bei Laune zu halten. Die Geschäftsfreunde werden von attraktiven Hostessen begleitet und eine ganze lange Nacht verwöhnt. Der Besuch mit Geschäftspartnern wird gut vorbereitet und planmäßig durchgeführt. Es wird sorgfältig darauf geachtet, dass die Geschäftspartner nicht zu Schaden kommen. Sie sollen ein Schmunzelerlebnis mit nach Hause nehmen.

Aber es kann auch anders kommen.

Schwedische und dänische Gäste werden vom Reisebüro des Nordens und von den schwedischen Staatsbahnen in der Regel gern in die Hotels am Hauptbahnhof vermittelt. Der Besuch des weltbekannten Hansatheaters auf dem Steindamm gehört zum Standardprogramm der Schweden und Dänen. Sie kaufen reichlich Spirituosen ein. In Schweden und Dänemark sind alkoholische Getränke sehr teuer und zum Teil rationiert.

Die Hotelangestellten rund um den Hamburger Hauptbahnhof kennen ihre Gäste aus dem Norden. Sie sind nicht selten die meiste Zeit ihres Aufenthalts in Hamburg dem Alkohol zugetan.

Der Portier Rolf erinnert sich an einen Lehrer aus Dänemark, der sich ein Hotelzimmer für 14 Tage bestellte. Er verließ sein Zimmer nur, um ein Restaurant aufzusuchen oder seinen Getränkebestand zu ergänzen. Er lag im Bett, las und genoss seinen Wein. Wenn er zu viel des Guten getrunken hatte, schlief er eine Zeitlang. Er war stets korrekt gekleidet, wenn er das Haus verließ. Es war ihm nicht anzumerken, dass er dem Alkohol verfallen war.

Nach zwei Wochen verließ er das Hotel und bedankte sich mit einem Trinkgeld beim Hotelpersonal für die rücksichtsvolle Aufwartung.

Einmal nächtigten junge Bundeswehroffiziere im Hotel. Die ersten Frühstücksgäste waren erschienen. Langsam füllte sich der Frühstücksraum. Die jungen Offiziere schliefen noch. Ein Zimmermädchen erschien aufgeregt beim Portier. „In der vierten Etage riecht es nach Rauch!"

Der Portier eilte mit dem Zimmermädchen zum vierten Stock und stellte fest, dass in irgendeinem Zimmer etwas räucherte oder gar brannte. Er öffnete jede verschlossene Zimmertür. Bei der sechsten wurde er fündig. Hinter dem Portier standen Hausdiener und Zimmermädchen und allen bot sich ein seltenes Bild: Im französischen Bett lag ein junger Offizier, knapp bekleidet und nicht zugedeckt, inmitten eines Schwelbrandes. Es war keine Flamme zu sehen. Rund um seinen Körper fraß sich der Schwelbrand weiter. An der Decke sammelte sich der Rauch. Der junge Mann schlief auf der vor sich hin kokelnden Matratze, ohne wach zu werden. Er erinnerte an das Mittelalter, wo Menschen lebend verbrannt wurden.

Der Portier stürzte auf den jungen Offizier zu und versuchte ihn wachzurütteln. Der Hausdiener eilte zum Fenster und riss es auf. In diesem Augenblick explodierte das Bett. Das Fenster hätte nicht geöffnet werden dürften. Die plötzliche Luftzufuhr hatte den Schwelbrand in ein offenes Feuer verwandelt.

Dem Portier gelang es gemeinsam mit dem Hausdiener, den jungen Mann aus dem brennenden Bett zu ziehen. Die alarmierte Feuerwehr löschte den Brand.

Im Hotel sind die unterschiedlichsten Menschen anzutreffen. Irgendwie sind sie alle anders geartet. Ein ungeschriebenes Gesetz lautet: Das Personal muss grundsätzlich verschwiegen sein. Weder außerhalb noch innerhalb des Hauses darf über Persönliches der Gäste geredet werden – schon gar nicht über deren Intimitäten.

Eines Tages erscheint eine Frau mittleren Alters beim Portier Rolf und bittet um ein ruhiges, komfortables Tageszimmer. Sie erwähnt, sie sei nach intensiven geschäftlichen Verhandlungen müde und wolle, wenn sie ausgeruht sei, ein Bad nehmen. Sie ist sportlich gekleidet, eine gepflegte Erscheinung und hat eine makellose Figur. Sie fährt einen teuren Sportwagen, der vom Fahrzeugmeister in der Hotelgarage untergestellt wird.

Sie zahlt im Voraus und gibt dem Portier ein beachtliches Trinkgeld. Danach geht sie auf ihr Zimmer. Gäste, die ein Tageszimmer nehmen, sind keine Seltenheit.

Wenig später kommt ein gut aussehender sportlicher junger Mann und mietet ebenfalls ein Tageszimmer. Er erhält es wunschgemäß.

Alle zwei Wochen erscheint dieselbe attraktive Geschäftsfrau und mietet ein Tageszimmer. Portier Rolf richtet es ein, dem großzügig zahlenden Gast immer dasselbe Tageszimmer zu geben. Wenig später vermietet Rolf ein solches an einen sportlichen jungen Mann.

Für den Portier ist dies kein Zufall. Beide Tageszimmer werden nur für zwei bis drei Stunden beansprucht. Beide werden im Voraus bezahlt. Portier Rolf vermutet, dass die begüterte junge Geschäftsfrau ihr sexuelles Verlangen auslebt. Er schweigt und erzählt niemandem seine Beobachtung.

Im Laufe der Zeit entsteht ein Vertrauensverhältnis zwischen der jungen Frau und Portier Rolf. Kurz vor Eintreffen im Hotel meldet sich die junge Frau bei ihm. Wenn sie die Hotelhalle betritt und zum Counter geht, hat Rolf den Zimmerschlüssel in der Hand und übergibt ihn mit den üblichen Begrüßungsworten. Viele Monate läuft das gleiche unauffällige Ritual ab.

Wieder einmal ist die attraktive Frau angemeldet und ein junger Mann erscheint bei Portier Rolf, mietet ein Tageszimmer und fragt, ob Frau Wieland schon eingetroffen sei.

Der Portier teilt mit, das Zimmer für Frau Wieland sei bestellt. Jeden Augenblick müsse sie erscheinen. Der junge Mann sieht unruhig auf die Hallenuhr und vergleicht die Zeitangabe seiner Armbanduhr damit. Dann sieht er den Portier vielsagend an. „Ich bin gespannt, wie sie es heute mit mir treiben will." Er lächelt versonnen. „Ich habe so etwas noch nie erlebt, obwohl ich schon manche Frau glücklich gemacht habe."

Portier Rolf blickt den jungen Mann erstaunt an und schweigt.

Nach einer kleinen Pause plaudert der junge Mann weiter. „Sie können sich nicht vorstellen, was sie in ihrem Koffer für aufpeitschende Hilfsmittel mitbringt, und vor allem, wie sie sie einsetzt und es mit mir in den drei, vier Stunden treibt. Lässt sie mir eine Pause, dann reicht es gerade für ein Glas Champagner. Ich frage mich immer ..."

Der junge Mann hält einen kleinen Augenblick inne und sieht zum Hoteleingang. Frau Wieland betritt die Hotelhalle und geht auf Portier Rolf zu. Der begrüßt sie mit immer den gleichen Floskeln: „Guten Tag, gnädige Frau, es ist alles gerichtet."

Sie nickt ihm freundlich zu und nimmt den Zimmerschlüssel. Frau Wieland würdigt den jungen Mann keines Blickes. Er ist Luft für sie. Sie dreht sich um und geht forschen Schrittes zum Lift. Der Page nimmt ihr das Köfferchen ab und öffnet ihr die Lifttür. Die Tür schließt sich und der Lift setzt sich in Bewegung.

Dem jungen Mann scheint es unangenehm zu sein, dass Frau Wieland ihn mit Portier Rolf im Gespräch gesehen hat.

Der junge Mann sieht den Portier an. Ein gequältes Lächeln erscheint auf seinen Lippen, als er sagt: „Nun ist meine Zeit gekommen." Er nimmt seinen Zimmerschlüssel und verschwindet im Lift.

Portier Rolf beugt sich über sein Journal und bereitet sich auf seinen Feierabend vor. Er blickt zum Lift, denn er wartet auf einen Gast, der seine Rechnung begleichen möchte. Der Page öffnet die Lifttür, doch nicht der Gast, der abreisen will, erscheint, sondern der junge Mann. Er legt den Zimmerschlüssel auf den Counter und sagt zu Rolf: „Es ist aus, sagt Frau Wieland. Männer, die sich nicht an Verabredungen halten können, hätten in ihrem Leben nichts zu suchen. Sie hat mir mein Honorar bezahlt, die Tür geöffnet und mich quasi hinausgeworfen. Wenn ich Pech habe, wird sie sich bei meiner Agentur beschweren und ich bin meinen lukrativen und interessanten Job los. Haben Sie gleich Dienstschluss? Dann lade ich Sie noch zu einem Drink ein."

Rolf nimmt die Einladung an.

Es ist dem Personal streng verboten, im Hotel mit den Gästen Privatkontakt zu haben. Aber außerhalb des Hauses wird es nicht so eng gesehen.

Der junge Mann wartet auf Rolf in einer Gaststätte unweit des Hotels. Rolf betritt den Gastraum und sieht sich um. Der junge Mann steht auf, geht auf Rolf zu und begleitet ihn zu einem Tisch in der Nähe des Tresens. Er sieht den Wirt an und fragt Rolf, was er trinken möchte. Rolf entscheidet sich für ein Glas Fassbier, der junge Mann für einen Whisky mit Soda.

„Wie ich schon sagte, sie hat mich quasi rausgeschmissen", beginnt er. „Frau Wieland ist sexuell unersättlich. Sie erwartet, wenn sie ihren Tag hat, dass ihr Lover ausgeruht ist und sich möglichst mit einem Aufputschmittel auf den Liebesdienst vorbereitet hat. Wenn sie von seinem Liebesdienst enttäuscht ist, hat der betreffende Callboy ausgespielt und wird nicht mehr bestellt. Während des Aktes redet Frau Wieland nicht. Sie ist voll auf das Liebesspiel konzentriert. Wenn sie ihre totale Befriedigung erreicht hat, nimmt sie ein ausgiebiges Bad und lässt sich von mir abseifen. Sie zeigt mir, an welchen Stellen ich besonders gründlich sein soll. Sie hat ihre besondere Freude, wenn ich mit Schwamm, Seife und Handtuch über ihre Brüste reibe. Anschließend spreizt sie ihre Beine und ich muss ihre Scham reichlich einseifen und sanft behandeln.

Rolf, ich habe viele Frauen gehabt. Aber Frau Wieland ist nicht einzuordnen. Sie ist ein Teufelsweib. Die Natur hat sie mit einem makellosen Körper ausgestattet. Ich bin überzeugt: Für eine Ehe ist die Frau nicht geschaffen. Ein Mann allein wird sie nie auf Dauer sexuell befriedigen können. Wenn ein Callboy ihr vier Mal hintereinander seine Liebesdienste geleistet hat, wird er gegen einen anderen ausgewechselt. Ich hatte das Vergnügen, ihr zwei Mal zu dienen.

Bei meinem zweiten Besuch hat sie mich für einen Tag und eine Nacht gemietet. In einem supermodernen Sportwagen fuhr sie mit mir an die Ostsee. Sie fuhr wie der Teufel. Ab und zu lächelte sie mich an und es schien so, als mache es ihr Vergnügen, mich mit ihrer Fahrweise in Angst und Schrecken zu versetzen.

In Timmendorf suchte sie mit mir ein Restaurant auf. Sie

duzt ihren Lover grundsätzlich. Als sie mit mir das Restaurant betrat, begrüßte sie der Geschäftsführer und wir wurden zu dem von ihr reservierten Tisch geleitet. Dann übernahm ich meine Rolle als Gastgeber. Frau Wieland hatte mir im Wagen tausend Mark gegeben, bevor wir das Lokal betraten. Ich hatte Order, mich ihr gegenüber in jeder Minute des Aufenthalts wie ein Gentleman zu verhalten. Diese Spielregeln gehören zum Programm eines Callboys. Es sind die betuchten Frauen, die ihre sexuelle Befriedigung suchen. Diese Frauen wollen in der Regel ein gepflegtes Vorspiel haben. Dazu gehören das Essen in einem gehobenen Restaurant, ein Drink an der Bar und in vielen Fällen das hautnahe Tanzen. Diese Frauen sind nicht einfach bereit und legen sich hin, um sexuellen Genuss zu erlangen. Meine Einschätzung ist: 99 Prozent der Menschen betreiben keinen gepflegten Sex, sondern nur eine primitive körperliche Befriedigung.

Unsere Agentur prüft sehr genau den Intellekt und das Bildungsniveau des Kandidaten. Die bei den unterschiedlichsten Gegebenheiten notwendigen Verhaltensweisen werden den Kandidaten beigebracht.

Rolf, es ist verständlich, diese Frauen wollen keine Probleme. Sie wollen nicht öffentlich in Erscheinung treten. Wir dürfen nicht vergessen, diese Frauen sind keine armen Schlucker. Es sind Frauen, die hohe Staatsämter oder Positionen in der Wirtschaft innehaben. Sie leben ihre Sexualität nach ihren Wünschen aus. Daraus resultieren spezielle sexuelle Vorlieben, die in der Öffentlichkeit auf wenig Verständnis treffen. Werden diese Praktiken allgemein bekannt, sind die betreffenden Frauen in der Regel erledigt.

Wie auch immer, zurück zu der Geschichte mit Frau Wieland in Timmendorf. Nach dem Besuch im Restaurant fuhr sie mich zu einer Villa und lenkte den Wagen in die Garage. Wir stiegen aus. Sie ging vor mir zu einer Metalltür, schloss auf und ließ mich vorgehen. Ich trat in ein Foyer und war überwältigt von dem Luxus, der sich mir bot. Doch ich schwieg und ließ mir nicht anmerken, dass mich der Reichtum so beeindruckte. Fragend wandte ich mich zu ihr um. Sie lächelte, wies auf einen Sessel und sagte: ‚Ich zeige dir das Bad. Du findest dort alles, was du brauchst. Dann komm bitte ins Wohnzimmer, denn dort möchte ich mit dir, bevor wir unseren Spaß haben, noch etwas trinken. Ich werde mich ebenfalls frisch machen.‘

Sie führte mich zum Bad im oberen Teil des Hauses. Sie öffnete die Tür und machte eine einladende Geste. Dann drehte sie sich um und ein verschmitztes Lächeln ließ mich wissen, sie würde mir heute alles abfordern.

Sie haben Frau Wieland gesehen. Sie ist bildschön und hat alle Vorzüge, die sich eine Frau nur wünschen kann. Ihr Körper ist makellos. Sie ist geschaffen für die Lust. Allerdings kann ein einziger Mann sie auf die Dauer nicht zufrieden stellen.

Im Bad fand ich alles vor, was ich für meine Körperpflege benötigte. Ich badete gründlich. Anschließend benutzte ich ein Deo und zog einen der bereitliegenden Bademäntel an. Ich hatte das Gefühl, sie machte sich einen Spaß daraus, ihre Lover zu prüfen. Vielleicht wollte sie gefragt werden, welchen Bademantel ich anziehen durfte?

Ich setzte mich ins Wohnzimmer und wartete auf Frau Wieland. Sie hatte einen seidenen Morgenrock angelegt, den sie offen trug. Ich kann ihnen nicht annähernd die Reizwäsche beschreiben, die sie unter dem Morgenrock trug. Man muss sie gesehen haben. Frau Wieland lächelte, wenn sie im Gesichtsausdruck ihres Gegenübers erkannte, welches Erstaunen sie mit ihrer Wäsche hervorrief. Ich bemühte mich immer, nach außen kühl zu wirken. Doch ihr konnte ich nichts vormachen, denn sie durchschaute mich.

Ich musste eine Flasche Champagner öffnen und füllte die Gläser. Sie nahm ihr Champagnerglas, lächelte und sah mir in die Augen. Ich brach das Schweigen und sagte: ‚Sehr zum Wohle!'

Nachdem wir die Flasche geleert hatten, erhob sie sich und ging in den ersten Stock. Vor einer Tür blieb sie stehen, drehte sich nach mir um und sagte: ‚Nun ist die Stunde gekommen, in der du beweisen kannst, dass du dein Geld wert bist.'

Mein lieber Rolf, Sie können sich nicht vorstellen, wie ihr Schlafzimmer ganz auf Sex ausgerichtet ist. Männliche Genitalien in Form von Vasen und Vibratoren, eine Kopie von ‚Raub der Töchter des Leukippos' des flämischen Malers Peter Paul Rubens, ein überdimensionaler Bildschirm und viele andere aufpeitschende Mittel.

Sie schaltete den Bildschirm ein. Natürlich war hemmungsloser Sex zu sehen und man vernahm durchdringendes Lustgestöhn. Dies war die Ouvertüre.

Nach allen von ihr geforderten Variationen war ich fix und fertig und schlief wie ein Toter. Frau Wieland weckte mich und sagte statt ‚Guten Morgen': ‚Du warst nicht schlecht. Ich denke, ich werde es noch einmal mit dir versuchen.'

Sie frühstückte mit mir. Neben meinem Frühstücksteller lag mein Liebeslohn. Sie orderte eine Taxe für mich und ich fuhr mit der Bundesbahn nach Hamburg.

Der Job ist sehr aufreibend, aber er ist auch sehr interessant. Nur eins ist nicht zu verkennen: Mit einem Straßenmädchen lassen wir uns nicht vergleichen. Jedes Mädchen oder jede Frau kann morgen schon als Prostituierte ihr Geld verdienen. Aber eine Nitribitt zu werden, dazu reicht es bei den meisten Mädchen oder Frauen nicht. Sie haben nicht das Format und es fehlen ihnen eine gewisse Raffinesse und eine Portion Cleverness.

Bei uns Callboys oder, wie wir auch genannt werden, Gays ist die Aufgabenstellung sehr vielseitig. Vieles wird vorausgesetzt: eine umfassende Allgemeinbildung, eine gepflegte

Erscheinung und die Fähigkeit, sich in allen Kreisen der Gesellschaft perfekt anzupassen. Wir müssen repräsentieren können, denn wir werden nicht nur für Sexleistungen engagiert. Beispielsweise begleiten wir Damen, die keinen Partner haben, aber glauben, ohne Partner ihr Gesicht zu verlieren, zu Konferenzen oder anderen Veranstaltungen.

Vielleicht ist es am besten so umschrieben: Wir Callboys müssen ausgesprochen gute schauspielerische Fähigkeiten haben. In unserer Callboy-Agentur sind alle unsere Charaktereigenschaften genau registriert. Außerdem ist Bildmaterial von uns vorhanden, so dass eine Dame ihren Lover genau nach ihren Wünschen ordern kann. Die Kunden bezahlen in der Agentur und wir erhalten für gute Beischlafleistungen reichliche finanzielle Entlohnung. Außerdem werden wir zusätzlich von der Agentur bezahlt.

Nun wird es Zeit, mich zu verabschieden. Übrigens, ich beabsichtige, über diesen Lebensabschnitt ein Buch zu schreiben. Glauben Sie, dass es interessieren wird, wie Menschen, die Geld haben, ihre Sexualität ausleben?“

Portier Rolf überlegt eine Weile und antwortet: „Sie haben mich mit Ihrer Erzählung hundertprozentig überzeugt: Ein Buch, das die Geheimnisse der Frauen aus der Oberschicht der Gesellschaft beschreibt, die es sich erlauben, ihre Sexualität auszuleben, wird viele interessierte Leser finden.“

Die Männer verabschieden sich voneinander, tauschen ihre Telefonnummern aus und trennen sich.

Portier Rolf versieht wie stets seinen Dienst am Empfang. Er denkt an den Callboy und seine Geschichte. Es ist ihm im Laufe seiner langjährigen Berufserfahrung nicht verborgen geblieben, dass Gäste ihre wohlbehüteten persönlichen Geheimnisse haben. Rolf erinnert sich an das schwedische Kapitänsehepaar.

Sie haben ein Doppelzimmer für acht Tage gemietet. Das Ehepaar möchte die Stadt Hamburg kennen lernen.

Rolf empfiehlt dem Kapitän zu Beginn eine Sightseeing-tour, außerdem einen Besuch des Hansatheaters. Allerdings warnt er den Kapitän vor der Reeperbahn. Er hat von zu vielen schlechten Erfahrungen gehört.

Der kräftige Kapitän aber meint lächelnd, er hätte sehr viele Hafenstädte in der Welt kennen gelernt und es sei ihm nichts passiert. Er verfüge über nicht zu unterschätzende Körper-kräfte. Er könne sich notfalls schon zur Wehr setzen.

Rolf betrachtet den Kapitän und ist wirklich beeindruckt von der kräftigen Figur des Mannes.

Am nächsten Morgen bestellt die Kapitänsfrau zwei Mal Frühstück aufs Zimmer. So etwas ist nicht ungewöhnlich.

Gegen Mittag sucht die Kapitänsfrau den Empfangschef Rolf auf. Vorsichtig blickt sie sich um, damit niemand etwas von dem Gespräch aufschnappt. Dann berichtet sie leise, ihr Mann könne im Augenblick das Zimmer nicht verlassen. Er sei furchtbar verprügelt worden und könne sich mit dem demolierten Gesicht nicht sehen lassen. Außerdem fühle er sich schlecht.

„Hätten wir nur auf Sie gehört!", sagt die Kapitänsfrau.

Sie seien nach der Stadtrundfahrt in den späten Nachmit-tagsstunden ziellos über die Reeperbahn geschlendert. Sie wollten eigentlich schon ins Hotel zurückkehren, doch ihr Mann schaute noch kurz in eine Nebenstraße. Er wollte eine typische Hafenkneipe aufsuchen, schließlich gehörten die zur Seefahrt und er selbst habe in vielen Häfen die Kneipen be-sucht. Er liebe die romantische Stimmung in den Hafenknei-pen, die dort übliche Schifferklaviermusik und den Gesang aus den rauen Kehlen der Männer, die die Welt als Seeleute bereist haben. All das habe etwas Anheimeliges für die Fah-rensleute.

„Mein Mann las laut vor, was auf dem Schild über dem Eingang einer Hafenkneipe stand", berichtet die Kapitänsfrau. „,Apachenkeller' hieß es dort. Mein Mann ging die Kellertreppe hinunter, und der Türsteher grüßte freundlich und sprach meinen Mann an: ‚Kommen Sie herein! Bei uns ist es gemütlich und immer etwas los!'

Mein Mann fand es zwar ungewöhnlich, vor einer Kneipe von einem Türsteher begrüßt zu werden, aber warum sollte es so etwas in Hamburg nicht geben? Ich wollte meinem Mann folgen, da trat mir der Türsteher entgegen und meinte, das sei nichts für Damen und ich könne nicht zu meinem Mann. Ich war entsetzt. Es war mir noch nie passiert, dass man mir den Zutritt zu einem Lokal verweigerte.

Ratlos stand ich auf der Straße. Ich bin der deutschen Sprache nicht mächtig und konnte niemanden ansprechen und um Rat fragen. Ich habe zwei Mal versucht, in die Kneipe zu kommen, aber der Türsteher dachte nicht daran, mir den Weg freizumachen. Ich lauschte und erwartete, Schifferklaviermusik zu hören als Zeichen für eine gemütliche Männerrunde, in der mein Mann einige Zeit verweilen wollte.

Die Zeit verging. Zwei Stunden waren verstrichen und mein Mann war immer noch nicht wieder aufgetaucht. Es blieb mir nichts anderes übrig, ich musste ohne ihn ins Hotel zurückkehren. Es kann ihm ja nichts zustoßen, denn es war noch Nachmittag, sagte ich mir.

Nach Stunden klingelte das Telefon und ein Herr teilte mir mit, mein Mann sei im Hafenkrankenhaus und ich möge zu ihm kommen. Ich nahm eine Taxe und fuhr hin. An der Notaufnahme hieß es, mein Mann sei zusammengeschlagen worden. Dann wurde ich zu ihm geführt. Ich wollte es nicht glauben, wie er zugerichtet worden war. Der Arzt sagte mir, mein Mann hätte noch Glück gehabt. Nicht selten würden die Menschen, die sich gegen die St. Pauli-Mafia zur Wehr setzten, halb tot- oder totgeschlagen. Ich nahm es mit Entsetzen zur Kenntnis.

Mein Mann musste eine Nacht im Hafenkrankenhaus verbringen, dann kehrte er ins Hotel zurück. Nun berichtete er mir, was geschehen war: Kaum hatte er die vermeintliche Kneipe betreten, wurde er sofort von vier Mädchen in Empfang genommen und animiert, Champagner auszugeben. Der Kapitän bat eines der Animiermädchen, zu seiner Frau zu gehen und sie herzuholen. Das Mädchen kam strahlend lächelnd zurück und teilte meinem Mann mit, dass der Tag für seine Frau sehr anstrengend gewesen sei und sie ihn im Hotel zum Abendessen erwarte.

Bis zu diesem Zeitpunkt machte der Kneipenbesuch mit leiser Musik und einem Striptease im Hintergrund für das Amüsierviertel keinen ungewöhnlichen Eindruck. Mein Mann spricht gut deutsch und konnte sich mit den Animiermädchen unterhalten.

Nach der ersten Getränkerunde folgten eine zweite und eine dritte. Dann bat mein Mann um die Rechnung. 1200 Mark wollte die Bedienung von ihm kassieren.

Mein Mann war so wütend über diese unverschämte Rechnung. Sie hatten ihm anstatt Champagner billigen Krimsekt serviert. Mein Mann legte die 900 Mark, die er bei sich hatte, auf den Tisch und wollte die Kaschemme verlassen.

In diesem Augenblick hielten ihn zwei Männer fest und rissen ihm Aktentasche und Mantel aus der Hand. Mein Mann packte den einen der beiden am Kragen und warf ihn über den Tisch. Eine Prügelei begann. Er wurde mit Schlagringen und Knüppeln furchtbar zusammengeschlagen. Dann haben die Kerle ihn einfach auf die Straße gesetzt.

Er konnte kaum gehen und wankte hin und her. Gott sei Dank fiel er einer Polizeistreife auf und wurde von den braven Männern ins Hafenkrankenhaus gebracht.

Ihm waren seine Aktentasche, sein Mantel, die Uhr und das Portemonnaie abgenommen worden. Das Schlimmste an der Sache ist, dass sich in seinem Mantel die Brieftasche mit sämtlichen Ausweispapieren und im Portemonnaie seine Kreditkarten befanden."

Die Kapitänsfrau ist am Ende ihrer Schilderung und fragt Rolf, was sie tun könne, um die Ausweise und Kreditkarten wiederzubekommen. Mantel, Aktentasche und Uhr seien nicht so wichtig.

Rolf überlegt, ob er versuchen soll, das Eigentum des Kapitäns wiederzubeschaffen.

„Ich denke, ich werde Ihnen helfen können", sagt er dann. „Ich werde mit dem Apachenkeller-Geschäftsführer telefonieren und ihm mitteilen, dass ich die Sachen Ihres Mannes auslösen werde."

„Wollen Sie das wirklich für uns tun?", fragt die Kapitänsfrau ängstlich. „Das sind doch Verbrecher. Sie können Sie genauso zusammenschlagen wie meinen Mann."

„Ich kenne den zuständigen Hauptkommissar der Davidwache", entgegnet Rolf. „Er ist ein Sportsfreund von mir. Er wird von der Unterwelt sehr gefürchtet und macht mit den Strolchen in der Regel kurzen Prozess. In Ihrem Falle, glaube ich, ist rechtlich nicht viel auszurichten. Ihr Mann wollte die unverschämten Preise nicht zahlen. Er wollte die Spelunke verlassen und hat den Türsteher angefasst. Der Türsteher alarmierte mit einem Pfeifsignal seine Kollegen. Ihr Mann war den drei Männern mit Schlagringen und Gummiknüppeln nicht gewachsen. Sie hätten ihn nicht zusammengeschlagen, wenn Ihr Mann dem Geschäftsführer einen Wert in der Höhe des offenstehenden Betrages gegeben hätte.

Ihr Mann war leider allein und hatte keine Zeugen. Wenn er nicht allein gewesen wäre, hätte man vielleicht juristisch gegen die Machenschaften dieser Verbrecher vorgehen können. Ich werde Ihnen morgen früh berichten, was ich erreicht habe."

„Wenn ich meinem Mann sage, was Sie für ihn und mich tun wollen, wird er Ihnen sehr dankbar sein. Ich werde Ihnen 500 Mark geben, falls diese Kerle noch zusätzlich Geld fordern." Die Kapitänsfrau ist erleichtert und bittet Rolf, mit ihr zum Gäste-Hotelsafe zu gehen, um das Geld für Rolfs Mission aus ihrem Fach zu nehmen.

Rolf wählt die Telefonnummer des Apachenkellers. Es meldet sich eine primitiv klingende Frauenstimme: „Wer ist da?"

Rolf spricht mit fester Stimme und mit nachdrücklichem Ton. „Verbinden Sie mich mit Ihrem Geschäftsführer!"

Der meldet sich nach zwei Minuten: „Herbert Wulf!" Die Stimme klingt ähnlich primitiv wie die der Frau. Rolf weiß, er muss sich offenbar auf das Niveau dieser Leute einstellen, wenn er ernst genommen werden will. Die St. Paulianer erwarten immer, dass sie Ärger mit der Polizei oder ihren eigenen Genossen bekommen.

„Du hast Glück gehabt", antwortet Rolf.

„Wieso habe ich Glück gehabt?" Herbert Wulf klingt unsicher.

Rolf macht ihm klar, dass er am folgenden Nachmittag die Wertsachen des zusammengeschlagenen Kapitäns abholen wird. Wulf ist einverstanden und sie verabreden das Treffen für 16 Uhr.

Rolf hat am Telefon bemerkt, dass der Geschäftsführer keine Leuchte ist und sich offenbar in seiner Haut nicht wohl fühlt.

Am nächsten Tag macht sich Rolf auf den Weg zum Apachenkeller. Vorher hat er sich mit Hilfe eines Stadtplans kundig gemacht. Er denkt daran, wie es war, als er das letzte Mal die Reeperbahn besuchte. In der Schwarzmarktzeit blühten Handel und Tauschgeschäft rege in der Talstraße. Dort konnte man alles tauschen und kaufen.

Rolf staunt. Die Reeperbahn hat sich in den vielen Jahren seit seinem letzten Besuch im Amüsierviertel sehr verändert. Endlich findet Rolf die Nebenstraße, in der sich der Apachenkeller befindet. Die Leuchtreklame ist nicht zu übersehen.

Rolf ist es etwas mulmig. Er weiß nicht, was ihn erwarten wird. Es kann sein, dass sie ihm das Geld abnehmen und ihn ohne Wertsachen auf die Straße setzen. Bei diesen abgebrühten Banditen ist wahrscheinlich alles möglich.

Rolf geht die Treppen zum Eingang hinunter. Man öffnet ihm die Tür. Er betritt den Raum.

Über einfachen runden Holztischen ohne Tischdecken leuchtet eine Lampe, die fluoreszierendes Licht erzeugt. Der Tisch hat wohl einen Durchmesser von gut 1,20 Metern. Ein nahezu halbmetergroßer Aschenbecher verdeckt die Speise- und Getränkekarte, die darunter liegt. Wie ein Gast diese bei der schummrigen Beleuchtung entdecken, geschweige denn lesen soll, ist Rolf ein Rätsel. Es ist in der Gastronomie Gesetz, dass der Gast sich jederzeit über die Preise für Speisen und Getränke informieren kann. Das sieht doch sehr nach Nepp aus, denkt Rolf.

Er steht unentschlossen am Eingang und überlegt, ob er sich setzen oder im Stehen auf den Geschäftsführer warten soll. Dann nimmt er doch an einem der runden Tische Platz. Im Hintergrund wird die kleine Bühne erleuchtet und zwei Stripteasetänzerinnen tauchen auf.

Wehmütige Musik ist zu hören. Die erste Stripteasetänzerin lässt peu à peu ihre Hüllen fallen und stellt ihre prallen Brüste mit erotischen Bewegungen gekonnt zur Schau. Ihre Körpersprache ist verführerisch und ruft Wünsche wach.

Es erscheinen zwei Animiermädchen, in weißes Tuch gekleidet. Das fluoreszierende Licht lässt bläuliche züngelnde

Flammen auf ihren weißen Gewändern erscheinen. Es wirkt unwirklich, wie ein Zauber. Rolf fühlt sich an Göttinnen aus griechischen Sagen erinnert.

„Süßer, dürfen wir es uns bei dir bequem machen?", schmeichelt eins der Mädchen. „Gibst du uns ein Glas Champagner aus?"

Rolf schweigt. Die Mädchen warten erst gar nicht seine Antwort ab, sondern setzen sich jeweils auf einen seiner Oberschenkel. Sie sind nicht schwer und er spürt sie kaum. Das eine Animiermädchen küsst ihn aufs Ohrläppchen und sagt: „Süßer, du hast Glück, wir können dich richtig verwöhnen."

Das andere Animiermädchen streichelt Rolf zärtlich auf der Innenseite seines Oberschenkels. Ihre Hand nähert sich seinem Hosenschlitz.

Rolf ist überrascht und sprachlos über die Art, wie hier die Gäste plump überrumpelt werden. Es ist Zeit, die Mädchen zu stoppen. Er weiß, er muss sie bremsen, bevor das Ganze eskaliert.

„Ich bin kein Gast, ich bin mit dem Geschäftsführer verabredet."

Wie von der Tarantel gestochen, springen die beiden auf. „Kannst du das nicht gleich sagen?", ruft die eine verärgert. „Er ist kein Gast. Ihr könnt aufhören!", ruft die andere den Stripteasetänzerinnen auf der Bühne zu.

Die schon halb nackte Stripperin zieht sich wieder an und verschwindet mit ihrer Kollegin in den hinteren Bereich der Wirtschaft. Die Bühnenbeleuchtung wird wieder ausgeschaltet und die Musik verstummt. Der kurze Spuk ist ebenso schnell vorbei, wie er begonnen hat.

Der Geschäftsführer Herbert Wulf erscheint. Er macht einen ungepflegten Eindruck. Die Animiermädchen und der Geschäftsführer sind keine großen geistigen Leuchten.

Rolf überlegt blitzschnell: Soll er diesen ungepflegten Mann mit Sie oder mit Du anreden? Er entscheidet, sich auf das Sprachniveau des Geschäftsführers zu begeben. Die brutale, primitive Ausdrucksweise versteht der Mann wohl am besten, denkt Rolf.

Rolf steht nicht auf, um den Geschäftsführer zu begrüßen. Stattdessen raunzt er: „Setz dich, ich habe mit dir zu reden!"

Wulf ist irritiert. Er nimmt wortlos Platz.

„Der Gast, den ihr brutal zusammengeschlagen habt, ist Kapitän eines norwegischen Fischfabrikschiffes", fährt Rolf drohend fort. „Weißt du, was du zu erwarten hast? Kannst du dir vorstellen, wie dein Laden aussieht, wenn der Kapitän dir mit seiner Crew einen Besuch abstattet? Sei bloß froh, dass er momentan nicht mit seinem Schiff im Hamburger Hafen liegt, sondern bloß mit seiner Frau hier auf Urlaub ist!"

Wulf schweigt.

„Ihr habt unseren Gast brutal vermöbelt. Ist dir eigentlich bewusst, wie viele Straftatbestände ihr euch aufgehalst habt? Ihr habt den Mann aus dem Lokal auf die Straße geworfen, ohne einen Rettungswagen anzufordern, obwohl er schwer verletzt ist. Wenn nicht ein Peterwagen den Käpt'n in das Hafenkrankenhaus gebracht hätte, hätte der Mann sterben können und euch hätten sie wegen Totschlags drangekriegt. Mein lieber Wulf, ich möchte sofort die Ausweispapiere ausgehändigt bekommen! Dir ist doch klar: Ausweispapiere abzunehmen, ist strafbar. Dafür gibt's Knast oder Geldbuße."

„Er hat für die Mädchen immer bestellt und nachher wollte er nicht bezahlen", versucht Wulf sich zu verteidigen.

„Mein lieber Herbert Wulf, seit wann bezahlt man eine Ware, die man noch nicht einmal gesehen hat?", kontert Rolf. „Von Nichtzahlenwollen kann in diesem Falle nicht die Rede sein. Krimsekt als Champagner anzubieten und als Champagner bezahlen lassen zu wollen, ist gelinde gesagt das Dümmste, was ein Gastronom machen kann. Übrigens, bei einer Kontrolle der Wirtschaftsbehörde ließe sich sehr schnell feststellen, ob in eurem Warenlager überhaupt Champagner vorrätig ist. Ich habe da meine Zweifel. Aber das ist im Augenblick ein anderes Thema. Ich will das Eigentum des Kapitäns sehen, ob alles vorhanden ist!"

Wulf schweigt. Wortlos erhebt er sich von seinem Stuhl und verschwindet hinter der Theke.

Rolf wartet. Was soll er machen, wenn die Sachen des Kapitäns nicht vollständig sind? Das Wichtigste sind die Ausweispapiere. Ohne Papiere kann der Kapitän aus der Bundesrepublik nicht ausreisen. Rolf glaubt, er hat Wulf so viel Angst gemacht, dass der auf die 300 Mark, die für den Rest der Zeche zu begleichen sind, verzichten wird.

Nach einer Weile kommt Wulf mit dem gewaltsam abgenommenen Eigentum des Kapitäns zurück und legt es vor Rolf auf den Tisch. Der vergleicht jedes einzelne Stück mit seiner Aufstellung. Alles ist noch vorhanden. Rolf schaut Wulf durchdringend in die Augen und fragt: „Ist noch etwas?"

„Du musst mir noch die 300 Mark geben!", antwortet Wulf kläglich. „Ich muss die Kohle kassieren, sonst bekomme ich Trouble mit meinem Chef, und das geht für mich nicht gut aus. Du kennst meinen Chef nicht. Der kennt kein Erbarmen."

Rolf schweigt und sieht den Geschäftsführer an. Ein Häufchen Elend. Rolf überlegt. Soll er es darauf ankommen lassen? Nicht zahlen, einfach aufstehen und gehen? Doch Wulf ist auch bloß ein armes Schwein, denkt Rolf. Bloß ein Werkzeug in den Händen seines Chefs. Und der wird sicherlich mit Mafiamethoden arbeiten.

Rolf überlegt. Die Papiere sind das Wichtigste, hatte ihm die Kapitänsfrau eingeschärft. Es ist nicht im Sinne seines Auftrags, wenn er ein nicht einzuschätzendes Risiko nur eingeht, um seine Verhandlungsfähigkeit unter Beweis zu stellen. Die Mafiamethoden auf der Reeperbahn haben die einst so geschätzte Amüsiermeile völlig verändert. Mord und Totschlag zählen zum Alltagsgeschäft.

Rolf zahlt die 300 Mark. Wulf atmet erleichtert auf. Rolf nimmt des Käpt'ns Sachen und verabschiedet sich von Wulf.

„Rolf, du hast doch guten Kontakt zu deinen Gästen", bittet Wulf. „Kannst du unseren Apachenkeller nicht empfehlen? Wenn wir wissen, dass die Gäste von dir kommen, wird ihnen nichts passieren."

Rolf lächelt. „Ich will einmal sehen, was sich machen lässt", antwortet er.

Er verlässt den Apachenkeller. Was für Abgründe, denkt er noch.

Rolf freut sich, dass es ihm gelungen ist, das Eigentum des Kapitäns problemlos auszulösen. Zweifellos hätte es auch anders ausgehen können. Im Hotel übergibt er dem Ehepaar die Sachen des Käpt'ns und die restlichen 200 Mark. Dann berichtet er, wie er mit dem Geschäftsführer verhandelt hat. Er habe zwar versucht, die Sachen zu bekommen, ohne die 300 Mark zu zahlen. Aber nur mit den Ausweisen zurückzukehren, habe er nicht für gut gehalten, weil Mantel und Aktentasche allein schon mehr als 300 Mark wert sein dürften.

Der bandagierte Kapitän hört Rolf aufmerksam zu. Er lächelt, verzieht schmerzhaft das Gesicht und sagt: „Sie haben uns einen großen Dienst erwiesen. Wir sind Ihnen sehr dankbar."

Die Kapitänsfrau drückt Rolf drei Scheine in die Hand und sagt: „Sie haben sehr viel Geschick und Mut bewiesen. Ich denke, nicht viele hätten den Auftrag ausführen wollen."

„Ich bitte Sie, nehmen Sie das Geld zurück!", wehrt Rolf ab. „Ich habe es gern für Sie getan und es freut mich, dass es mir gelungen ist, Ihnen zu helfen." Er legt die Scheine auf den Tisch.

Die Kapitänsfrau lässt sich nicht beeindrucken. „Sie dürfen

es uns nicht abschlagen! Sie haben uns mehr als einen großen Gefallen getan. Es wäre eine Katastrophe gewesen, wenn wir die Papiere nicht wiederbekommen hätten. Ich bitte Sie", sie drückt Rolf die Scheine erneut in die Hand, „das haben Sie sich redlich verdient. Nochmals vielen Dank, Sie sind uns eine ganz große Hilfe gewesen."

Rolf bedankt sich ebenfalls und wünscht dem Kapitänsehepaar eine glückliche Heimfahrt.

Die Telefonnummer

Heiko sieht auf die Straße. Ein erstaunlicher Pkw-Verkehr ist zu beobachten. Nur wenige Monate sind seit der Währungsreform vergangen und die Geschäfte sind bereits mit Waren vollgestopft. Selbst der Fahrzeughandel blüht auf.

Er kann es nicht fassen. Mehr oder weniger lassen sich alle Wünsche erfüllen, sofern man Geld zur Verfügung hat.

Heiko hat gerade die Gehilfenprüfung als Koch bestanden. Gelernter Restaurantfachmann ist er auch noch. Er hat sich eingebildet, dass es nicht schwer fallen wird, mit seiner Ausbildung eine Anstellung als Bedienung in einem renommierten Betrieb zu erhalten.

Im *Haus Vaterland* als Bedienung beschäftigt zu werden, hat Vorteile gegenüber den meisten anderen gastronomischen Betrieben. Die Arbeit ist nicht körperlich schwer, der Verdienst relativ gut und die Dienstzeiten sind geregelt.

Es ist in der Gastronomie üblich, dass die Bedienungen zwar pünktlich zum Dienst zu erscheinen haben, aber der Dienstschluss richtet sich danach, wann der letzte Gast geht.

Es kommt schon vor, dass eine Bedienung nach dem eigentlichen Feierabend noch zwei Stunden länger im Betrieb bleiben muss, weil Gäste Zeit haben und den angebrochenen Abend nutzen, um sich ausgiebig zu unterhalten. Ein Verzehrumsatz fällt bei diesen Gästen, die kein Ende finden können, kaum an.

Die Bedienung steht und wartet auf ein Zeichen, dass die Gäste ihre Zeche zahlen, aufstehen und endlich das Lokal verlassen, damit die Aufräumarbeiten, die den Bedienungen obliegen, vorgenommen werden können. Erst dann hat die Bedienung Feierabend. Es ist keine Seltenheit, dass die Bedienungen, bevor der letzte Gast das Lokal oder Restaurant verlässt, keinen Umsatz machen und keine Mark verdienen. Die Bedienungen haben nach der Währungsreform auf Zehn-Prozent-Basis ihr Geld verdienen müssen. Die Küche wird regelmäßig abends pünktlich geschlossen.

Nach Dienstschluss geht die Bedienung in den Personalraum, wechselt ihre Kleidung und beeilt sich, um ihre letzte Verkehrsverbindung, die sie nach Hause bringen soll, zu erreichen.

Reguläre Personal-Umkleideräume gab es lange Zeit nach 1948 nicht. Nicht selten mussten Bedienungen nach Dienstschluss in Regen, Wind und Kälte mit ihrer verschwitzten Garderobe auf Bahn, Bus oder U-Bahn warten. Es war in der Gastronomie nach der Währungsreform nicht üblich, sich Überstunden vom Arbeitgeber bezahlen zu lassen. Wer das trotzdem riskierte, wurde entlassen. Die Garantielöhne in der Gastronomie waren indiskutabel.

Heiko befindet sich nicht in der besten Verfassung. Er wendet sich vom Fenster ab und sieht sich in seinem Zimmer um. Es fehlt das Mobiliar. Er lächelt. Ein Bett mit durchgelegener Matratze, ein Stuhl und eine kleine Kommode, das sind seine Habseligkeiten. Das reicht nicht, Besuche zu empfangen. Etwas mehr Komfort müsste schon sein.

Heiko überlegt, wie er mit dem wenigen Geld, das er hat, den Abend verbringen kann. Er hat keine Lust, zu Hause zu bleiben. Er will unter Menschen sein. Er schaut in sein Portemonnaie. Es reicht für den Fahrpreis, für das Eintrittsgeld in der *Jungmühle* und für Getränke. Die *Jungmühle* in der Großen Freiheit macht es möglich, sich ohne Verzehr die ganze Nacht zu amüsieren und ausgiebig zu tanzen.

Um die Währungsreform herum herrschte in der *Jungmühle* eine unbekümmerte, wohltuende Stimmung. Niemand

Das Bedürfnis und die Vergewaltigung

fragte, wer jemand war oder woher er kam. Wer wollte, konnte dem Treiben zusehen oder tanzen, so viel er wollte.

Die Kapelle *Jule Abel* spielte gekonnt Glenn-Miller-Rhythmen. Bei den wehmütigen Melodien sangen die Gäste aus vollem Halse mit. Leute, die in Gefangenschaft gewesen waren, fühlten sich bei dem Schlager „Hart war die Arbeit und schwer waren die Ketten" an die Sklavenarbeit in der Kriegsgefangenschaft erinnert. Ihr Gefühl der Befreiung drückten sie durch lautstarkes Mitsingen des Textes aus. Trotz der einmaligen Stimmung in der *Jungmühle* nach dem Krieg gab es erste Anzeichen, dass St. Pauli sich im Wandel der Zeit befand.

Doch noch schien alles beim Alten. Die Prostituierten mit ihren Zuhältern stellten sich ein. Sie verhielten sich noch nicht auffällig. In der *Jungmühle* wurden die Gäste auch nicht geneppt. Es war das Tanzlokal für den kleinen Mann mit bescheidener Barschaft.

Die *Jungmühle* war für Heiko maßgeschneidert. Da jeder Sitzplatz besetzt war, fiel es im Gedränge nicht auf, wenn ein Gast sich in den Musikpausen stehend in irgendeiner Ecke aufhielt und des nächsten Tanzes, der nicht lange auf sich warten ließ, harrte. *Jule Abel* war ein begnadeter Kapellmeister. Seine Leidenschaft war die Musik. Er freute sich sichtlich, wenn die Tanzenden sich wie in einem Rausch wiegten und Lichtblitze aus der mit unzähligen Spiegeln ausgestatteten rotierenden Kugel über die Gesichter huschten.

Heiko sieht auf die Uhr. Der Abend ist angebrochen. Die Straßenbeleuchtung ist eingeschaltet.

Es ist Sonntag. Heiko überlegt noch, ob er zum Tanzen gehen soll oder nicht. Wenn er in seinem Beruf in der nächsten Zeit einen Arbeitsplatz erhalten sollte, dann wird er sonn- und feiertags arbeiten müssen. Dann ist es vorbei mit dem Tanzengehen.

Seinen Eltern sagt er, dass es heute spät werden könne.

Auf dem Weg zur U-Bahn bläst ihm ein scharfer Wind ins Gesicht. Er freut sich auf die Abwechslung, zu tanzen und endlich einmal auf andere Gedanken zu kommen. Wie angenehm es wäre, wenn er ein nettes Mädchen zu einem Drink einladen und mit ihm ein Gespräch führen könnte. Als Habenichts aber muss er solche Wunschgedanken schnell wieder vergessen.

Er erreicht die U-Bahn-Station. Viele Fahrgäste stehen auf dem Bahnsteig. Die Lichter des Zuges nähern sich schnell. Quietschend bremst die Bahn.

Die Abteiltüren öffnen sich. Heiko mischt sich unter die Fahrgäste und steigt ein.

Die Abteiltüren werden geschlossen. Die U-Bahn setzt sich in Bewegung und nimmt Fahrt auf. Nur wenige Fahrgäste unterhalten sich. Drei junge Leute stehen zusammen und lachen laut.

An jeder Station steigen Fahrgäste ein, nur wenige verlassen die U-Bahn. Heiko fragt sich, ob sie wohl alle zur Reeperbahn wollen.

Die U-Bahn läuft in der Station *Millerntor* ein. Der Zug hält. Menschentrauben verlassen den Zug. Sie eilen die Treppen der Station hinauf. Die Passanten scheinen es alle eilig zu haben. Es macht den Eindruck, als strebten sie einem Ereignis zu.

Heiko freut sich auf die bevorstehende Abwechslung und darauf, die Sorge um einen Arbeitsplatz für Stunden vergessen zu können.

Die vielen Leuchtreklamen machen die Reeperbahn zur Flaniermeile. Heiko erinnert sich, wie die Reeperbahn vor dem Krieg aussah. Sonntags waren die Cafégärten mit Hamburger Publikum voll besetzt. Es gab köstlichen Kuchen und für die Kinder Trinkschokolade mit Sahnehäubchen. Dazu spielten Kapellen Wiener Kaffeehausmusik.

Es war Tradition, dass die Hamburger Familien sonn- und

feiertags den Hafen besuchten und nachmittags Kaffee und Kuchen in den Wintergärten auf der Reeperbahn genossen.

Heiko war mit seinen Eltern vor dem Krieg im *Café Menke* und hatte den herrlichen Kuchen und die Trinkschokolade genossen. Ob die Reeperbahn wieder in altem Glanze erscheinen wird, fragt er sich. Oder wird sie sich völlig verändern?

Heiko biegt in die Große Freiheit ein. Nun sind es nur noch wenige Meter und er kann sich eine Eintrittskarte kaufen.

An der Kasse ist die Bombenstimmung schon unüberhörbar, die aus dem Inneren der *Jungmühle* nach außen dringt. Heiko hat den richtigen Zeitpunkt gewählt. Er wird wohl keinen Sitzplatz finden. Das ist gut, denn so kommt er nicht in Verlegenheit, einen Drink zu bestellen, und spart Geld.

Heiko bleibt einen Augenblick am Eingang des Tanzsaales stehen und geht dann an den Nischen vorbei, die auf einer Seite der Tanzfläche eingerichtet sind. Er sieht nicht in die Nischen.

Auf der Tanzfläche drängen sich die Paare. Vor einer Nische bleibt Heiko stehen und betrachtet die Tanzenden. Die Paare schieben sich mehr als sie tanzen im Takt der Musik auf der Tanzfläche hin und her.

Heiko kommt es entgegen, dass nicht im klassischen Tanzstil getanzt wird. Die Tänze, die er in der Tanzschule erlernte, sind hier nicht möglich. Wenn er eine Dame zum Tanz auffordert, dann muss er sich nur im Takt bewegen und braucht keine Figuren zu tanzen. Wichtig ist für ihn, dass er sich nicht blamiert, wenn er mit einer Dame tanzt.

Heiko steht unentschlossen im Gang. In Gedanken versunken beobachtet er die Tänzer. Er hat vergessen, dass er den Gästen in der Nische die Sicht nimmt.

Eine Bedienung kommt und er muss ihr im Gang Platz machen. Er dreht sich zur Seite, um die Bedienung durchzulassen. Nun sieht Heiko in die Nische.

Zwei Frauen sitzen an dem Tisch, ein Platz ist frei. Höflich fragt er, ob es recht wäre, wenn er sich zu ihnen setzte.

Es ist wie ein innerer Zwang. Ursprünglich war er fest entschlossen, sich nicht an einen Tisch zu setzen. Er wollte vermeiden, ein Getränk zu bestellen. Doch jetzt setzt er sich auf den freien Stuhl und lächelt. Wie von einer magischen Kraft fühlt er sich von den beiden Frauen angezogen.

Heiko mustert die beiden Frauen. Die eine muss schon über dreißig sein, die andere schätzt er auf zwanzig. Ein ungleiches Paar, schießt es ihm durch den Kopf.

Er beginnt eine lebhafte Unterhaltung mit der Älteren. Die Jüngere beteiligt sich kaum an dem Gespräch. Sie sieht gut aus. Heiko hat den Eindruck, dass sie kein Interesse hat, zu tanzen. Er fragt sich, warum sie hier in der *Jungmühle* ist, wenn sie eh nicht beim Tanzvergnügen mitmischen will.

Plötzlich steht die ältere der beiden Frauen auf und winkt dem Pianisten zu. Heiko ist überrascht und meint, es würde sich wohl recht bald zeigen, warum sich dieses ungleiche Paar in der *Jungmühle* aufhalte.

Sollte dieses blonde gut aussehende Mädchen mit seiner älteren Partnerin vielleicht auf einen Zuhälter warten und sich gegenwärtig nur die Zeit vertreiben?

Heiko sitzt nun schon eine Zeit mit den beiden Frauen am Tisch. Die junge Blonde macht nach wie vor einen desinteressierten Eindruck, so, als berühre sie weder die Lust zum Tanzen noch die Musik. Vielleicht wartet sie auf ihren Beschützer? Vielleicht profitiert die ältere der beiden Frauen von der Vermittlung junger unerfahrener Mädchen an einen Zuhälter? Vielleicht soll das blonde Mädchen dem Mann übergeben werden, der sie zur Prostituierten machen wird?

Der Mann wird sie auffordern, mit ihm zu gehen. Wenn das blonde Mädchen Anzeichen macht, der Aufforderung nicht zu folgen, will Heiko sich einschalten und den Mann bitten, zu verschwinden. Er hat keine Zweifel, dass es dann zu einer tätlichen Auseinandersetzung kommen kann. Oder der Zuhälter wird ihm vor der *Jungmühle* auflauern und ihn unter Umständen zusammenschlagen.

Allerdings kann Heiko damit rechnen, dass Sportfreunde, die ihm die *Jungmühle* als beliebtes Tanzlokal empfohlen haben, zu Hilfe eilen. Außerdem ist er kräftig und kann sich mit seinen Fäusten gut zur Wehr setzen, falls es die Situation erfordert.

Heiko ist entschlossen: Wenn hier etwas nicht mit rechten Dingen zugeht, wird er dem Kerl zeigen, worauf der sich eingelassen hat.

Heiko schätzt das blonde Mädchen in diesem Augenblick als schrecklich naiv ein. Oder sie ist besonders raffiniert.

Immer wieder hat Heiko versucht, Menschen richtig einzuschätzen, aber in diesem Falle kommt er zu keinem Ergebnis. Er ist unsicher.

Er hat sich schon einige Male nur deswegen in Schwierigkeiten gebracht, weil er sich ohne lange zu zögern für Menschen eingesetzt hat, von denen er glaubte, er müsse ihnen helfen.

Steht St. Pauli mit der Reeperbahn 1948 am Scheidewege, fragt Heiko sich. Wird das Bürgertum wieder gern zur Reeperbahn kommen, um die berühmten Varietés wie *Allotria* und *Trichter* aufzusuchen? Oder entsteht hier ein unmoralischer Sumpf? Werden am Sonntag bei gutem Wetter wieder die Hamburger Familien die Wintergärten bevölkern und bei Wiener Kaffeehausmusik Kaffee und Kuchen genießen?

Nicht zu vergessen, ist das Tanzlokal *Walhalla*. In diesem Etablissement gab es vor dem Kriege die ersten Tischtelefone. Die Gäste konnten von Tisch zu Tisch miteinander telefonieren. Im Tanzlokal *Walhalla* lernten sich Paare fürs ganze Leben kennen.

Im Operettenhaus auf der Reeperbahn musste in den Abendvorstellungen eine Kleiderordnung eingehalten werden.

Schwarzer Abendanzug für die Herren und Abendgarderobe für die Damen war ein ungeschriebenes Gesetz.

Es gab Nobel-Restaurants auf der Reeperbahn, in denen auf Silberplatten die Speisen dem Gast von den Bedienungen auf den Tellern fachmännisch vorgelegt wurde.

Heiko hat Zweifel, ob sich die alten Traditionen wieder einbürgern lassen. Die Währungsreform hat die Stadt und die Menschen verändert.

Vor dem Krieg wurden Meinungsverschiedenheiten unter den Männern in den Hafenkneipen mit Fäusten ausgetragen. Der Wirt rief die Davidwache an und flugs erschienen ein oder zwei stämmige Polizisten, die allein durch ihre Anwesenheit die Streithähne friedlich stimmten.

Wenn ein möglicher Zuhälter das gut gebaute blonde Mädchen abholen will, dann würde Heiko sich einschalten und sagen, das Mädchen hätte keine Lust, mitzugehen, sie möchte die *Jungmühle* noch nicht verlassen. Wenn es zu einer Schlägerei kommen sollte, würde Heiko als kräftiger durchtrainierter Mann sich auf einen Faustkampf einlassen.

Heiko beobachtet aufmerksam jeden Mann, der am Eingang des Tanzsaales auftaucht. Die etwa dreißigjährige Frau, die offenbar ständiger Gast in der *Jungmühle* ist, bleibt sehr gesprächig, so, als ob sie sich auf etwas freut. Die junge Blonde nimmt an dem Gespräch nicht teil. Sie lächelt hin und wieder, macht aber nach wie vor einen abwesenden Eindruck. Dabei wirkt sie intelligent. Ein bisschen Smalltalk dürfte ihr keine Schwierigkeiten bereiten.

Die Blonde scheint immer noch zu warten, gleich abgerufen und womöglich in die käufliche Liebe eingeweiht zu werden. Gespannt ist Heiko auf den Mann, der sie möglicherweise in die Prostitution geführt hat oder führen will.

Heiko fordert das blonde Mädchen zum Tanz auf. Sie geht

Das Bedürfnis und die Vergewaltigung

vor ihm zur Tanzfläche wie eine Dame von Welt. Er macht eine kleine Verbeugung, wie es üblich ist unter kultivierten Menschen. Dann legt er seinen Arm um ihre Schulter und sie drehen sich im Takt der Musik.

Nach drei Tänzen führt Heiko die Blonde elegant wieder zum Platz. Er verbeugt sich erneut und rückt ihr den Stuhl zurecht. Schließlich möchte er zeigen, dass er Manieren hat.

Es ist an der Zeit, sich namentlich bekannt zu machen, meint Heiko. Er nennt seinen Namen. Die beiden Damen tun es ihm gleich. Die Ältere heißt Vera und die Jüngere, das blonde Mädchen, ist Gaby. Im Laufe des Gesprächs erfährt Heiko, dass Gaby ein Flüchtling aus Niederschlesien ist. Die Schlesier genossen seit jeher unter den Landsmannschaften einen guten Ruf. Gaby spricht ein dialektfreies Hochdeutsch. Sie könnte schon immer in Hamburg gelebt haben.

Bei den meisten Flüchtlingen kann man sehr schnell an Ausdrucksweise und Dialekt erkennen, ob sie aus Pommern, Ostpreußen oder Schlesien stammen. Die Ostpreußen sind deutlich von allen anderen Landsleuten zu unterscheiden. Das liegt an ihrer ungewöhnlichen klanglosen, harten Aussprache und daran, dass sie zum Teil einzelne Buchstaben verschlucken.

Heiko sieht auf die Uhr. Es ist sehr spät geworden. Es ist Mitternacht. Er überlegt, ob er sich kurzerhand verabschieden soll. Vielleicht entgeht er dann einer großen Enttäuschung? Heiko rechnet immer noch damit, dass Gaby abgeholt werden wird. Einen Augenblick zögert er, ob er nicht doch lieber gehen soll, um eine mögliche tätliche Auseinandersetzung mit einem Zuhälter zu vermeiden. Es wird ohnehin kaum zu verhindern sein, wenn das blonde Mädchen Gaby dem ältesten Gewerbe der Welt nachgehen will.

Heiko bleibt. Irgendwie fühlt er sich verantwortlich für das, was vielleicht im nächsten Moment geschehen wird. Allein das Verhalten der blonden Gaby in dieser Umgebung hat ihn nachdenklich gemacht. Sie scheint der einzige Gast zu sein, der ein Desinteresse am Trubel in der *Jungmühle* zur Schau stellt. Heiko möchte wissen, ob er die Situation des blonden Mädchens Gaby und ihrer Begleitung Vera richtig eingeschätzt hat.

Ein Großteil der Gäste hat in der Zwischenzeit die *Jungmühle* verlassen. Heiko erfährt von der blonden Gaby, dass sie von der Reeperbahn gleich zur Arbeitsstätte fahren wird. Es sind noch Stunden, die sie irgendwo verbringen muss, bevor ihr Dienst beginnt. Diese Zeiteinteilung ist Heiko völlig unverständlich.

Er hätte gern die beiden Frauen zu sich eingeladen und bewirtet. Möglicherweise hätten sie eine oder zwei Stunden Schlaf gut gebrauchen können. Doch er kann sich nicht erlauben, Gäste mit nach Hause zu bringen. Er hat bisher niemals eine Frau und schon gar nicht gleich zwei Frauen zu seinen Eltern gebracht.

Die Rolle des Gastgebers ist seinen Eltern fremd. Außerdem sind keinerlei Vorkehrungen getroffen, Gäste zu bewirten. Ein weiteres Problem ist die Bequemlichkeit seiner Mutter. Heiko kann sich nicht vorstellen, dass seine Mutter ohne Hilfe seines Vaters aus dem Wenigen der Vorräte etwas Akzeptables zu essen zusammenstellen kann.

Aber ein wesentlich peinlicherer Moment könnte das Auftreten seiner Schwester sein. Sie kann durch ihre Körpersprache und ihre Antworten ziemlich verletzend sein. Das liegt wohl daran, dass Herzlichkeit und Freundlichkeit in Heikos Familie fehlen. Sie lebt in einer sehr kleinen und begrenzten Welt.

Heiko graut davor, die Ablehnung in den Gesichtern seiner älteren Schwester und Mutter sehen zu müssen, wenn er mit diesen beiden Damen erscheint. Die Vera mit ihrer lauten durchdringenden Jahrmarktsstimme und dem ordinären Lachen, das an Lebedamen auf St. Pauli erinnert, würde sie sofort abschrecken. Würde Heiko es dennoch wagen, sie als Gäste für Stunden im Hause einzuführen, wäre eine Katastrophe programmiert. In diesem Augenblick scheint es Heiko klüger zu sein, nicht den Gentleman herauszukehren.

Jule Abels Kapelle spielt das Abschlussstück „Guten Abend, gut Nacht". Die reflektierende rotierende Kugel unter der Decke, die den Raum mit zuckenden Lichtblitzen gespenstisch verzauberte, steht still. Das Licht wird schummriger. Die letzten Gäste erheben sich und gehen zur Garderobe. Heiko hilft den beiden Frauen in gekonnter Manier in die Mäntel. Es ist nicht auszuschließen, dass sie doch noch auf den möglichen Beschützer oder Zuhälter der blonden Gaby stoßen.

Heiko lässt die beiden Frauen vor sich gehen und bleibt auf Distanz hinter ihnen. Sollte er angegriffen werden, ist er auf einen tätlichen Angriff vorbereitet. Seine Nerven sind zum Zerreißen gespannt. Es ist richtig, mit seinem durchtrainierten Körper kann er es schon mit einem oder zwei Männern aufnehmen. Sein Herz klopft. Heiko erwartet jeden Augenblick mit Spannung den möglichen Beschützer. Er ist entschlossen, tüchtig auszuteilen, wenn es sein muss. Die Menschen, die sich nicht verteidigen, wenn sie angegriffen werden, sind immer ein leichtes Opfer. Viele Angegriffene glauben, wenn sie sich nicht wehren, lassen die Strolche von ihren Opfern ab. Leider ist oft das Gegenteil der Fall: Die Banditen schlagen bis zur Bewusstlosigkeit auf ihr Opfer ein.

Mit diesen Erkenntnissen verstand es Heiko, auf jeden sich anbahnenden Streit die richtige Antwort zu geben. Vor einer körperlichen Auseinandersetzung suchte er mit einer gütlichen Einigung die Angelegenheit zu schlichten. Es lag ihm fern, den Helden zu spielen.

Nachdem sie die *Jungmühle* verlassen haben, drehen sich

die beiden Frauen in der Großen Freiheit nach dem Musiker um, aber sie können ihn nicht entdecken.

Heiko lächelt aus Verlegenheit. Er weiß nicht recht, wie er sich mit den beiden Frauen verhalten soll. Vielleicht schätzen sie ihn als St. Paulianer ein, der mit allen Wassern gewaschen ist, und erwarten womöglich eine großherzige Einladung, bei der es auf ein paar Mark nicht ankommt.

Noch hat Heiko die Gelegenheit, sich zu verabschieden. Es gibt keinen Anlass, der zu einer Verpflichtung reicht. Wieder überlegt er, ob er sich nun von den beiden Damen trennen soll. Es wäre vielleicht das Beste.

Heiko ist ein Narr. Er geht weiter neben den beiden Frauen. Das Geheimnis, das die blonde Gaby umrankt, lässt ihn nicht los. Er hat nicht viel Geld in der Tasche. In der *Jungmühle* hat er Glück gehabt, dass er nicht von der Bedienung animiert wurde, ein weiteres Getränk für sich und womöglich für die beiden Damen zu bestellen. Für einen armen Schlucker wie ihn ist die *Jungmühle* in jenen Tagen die einzige Möglichkeit, sich ein Tanzvergnügen zu erlauben. Das macht sie ihm so sympathisch.

Die Bedienungen sind nicht aufdringlich. Kein Kellner schaut mit scheelem Blick auf die leer getrunkenen Gläser, keiner hantiert mit den Aschenbechern am Tisch herum, bis endlich Getränke bestellt werden.

Normalerweise würde ein derartiges Verhalten der Bedienungen in anderen Etablissements nicht geduldet. Die Bedienungen müssen in eigenem Interesse Umsatz machen. Doch die Eintrittsgelder in der *Jungmühle* reichen offenbar aus, um die Kapelle zu bezahlen und die weiteren Kosten zu decken. Die servierten Getränke und das „Rundstück warm" tun ihr Übriges dazu.

Sich so einfach von den beiden Damen zu verabschieden, das hat Heiko sich aus dem Kopf geschlagen. Ursprünglich wollte

Das Bedürfnis und die Vergewaltigung

er nur für ein paar Stunden eine Abwechslung suchen, um die Alltagsprobleme zu vergessen. Nun geht er neben den beiden Frauen und überlegt krampfhaft, wohin er sie führen soll.

Heiko kennt ein Frühlokal an der Ecke Seilerstraße/Hein-Hoyer-Straße. Gast war er in diesem Lokal bisher nicht. Doch mit den Gepflogenheiten der Frühlokale ist er vertraut. Als Gastronom kennt er sich in dieser Branche aus.

Die Frühlokale befinden sich in der Regel in der Nähe von Nachtbetrieben wie Bars und Etablissements. Die weitaus meisten Gäste in den Frühlokalen sind Menschen, die sich von ihrer nächtlichen Arbeit, die in der Regel von ohrenbetäubender Musik begleitet und durch angetrunkene Gäste erschwert wird, erholen wollen. Belästigt wird in den Frühlokalen niemand. Schlägereien sind ausgeschlossen. Die meisten Wirte sind kräftige, stämmige Männer, die schon um Bierfässer zu bewegen über große Körperkraft verfügen müssen und im Ernstfall, wenn Gäste verrückt spielen, anzupacken verstehen.

Heiko führt die beiden Damen zu dem Frühlokal. Vor dem Lokal bleibt er stehen. Er blickt die beiden Frauen an und wartet einen Augenblick. Er versucht, aus ihren Gesichtern abzulesen, ob sie Lust haben, hineinzugehen.

Heiko fragt Gaby, ob sie das Lokal kennt. Sie kennt es nicht. Heiko öffnet die Tür und sie betreten die Gaststätte.

An den schweren Holztischen sitzen Männer und nur vereinzelt Frauen. Es ist ihnen anzusehen, dass sie eine lange Nacht gearbeitet haben. Sie wirken müde und abgespannt.

Sie trinken Bier und essen eine Kleinigkeit. Im Gastraum riecht es typisch nach Bier, Bouillon und Zigarettenrauch, wie in jeder Gaststätte dieser Kategorie. Der Wirt arbeitet wortlos mit aufgekrempelten Ärmeln. Er spült die Biergläser mit Wasser aus, bevor er das Fassbier in die Gläser laufen lässt. In den Biergläsern, die halb voll gezapft unter dem Bierhahn stehen, bilden sich Schaumhauben. Die Gläser beschlagen außen und Wassertropfen laufen herunter.

Das Schankbier macht einen gepflegten Eindruck. Bei diesem servierten Fassbier stimmt alles. Die Temperatur kann nicht besser sein. In den Frühlokalen wird eine beachtliche Bierkultur gepflegt, die jeder Kenner sehr schätzt.

Heiko hat den Eindruck, dass Gaby und Vera die Frühlokale nicht unbekannt sind. Die beiden Frauen steuern zielstrebig auf einen Tisch im hinteren Bereich des Gastraumes zu. Sie bleiben vor dem Tisch stehen und Vera sieht Heiko fragend an. Heiko signalisiert Zustimmung.

Gaby und Vera nehmen auf der Sitzbank Platz. Von dort hat man einen guten Überblick über den Gastraum und jeden eintretenden Gast im Blickfeld. Vielleicht hofft Vera, den Musiker hier zu treffen.

Heiko weiß, es ist üblich, Damen einzuladen und die Zeche zu bezahlen, wenn man sie in ein Restaurant oder eine Gaststätte führt. Er überlegt, ob das Geld, das er noch in der Tasche hat, für drei Brühen reicht. Er hat Glück und bestellt. Der Wirt bringt das Gewünschte. Heiko zahlt gleich.

Tageslicht dringt durch die Gaststättenfenster. Gestalten huschen vorbei. Die Menschen streben zu ihrem Arbeitsplatz.

Nur noch wenige Gäste sind im Schankraum. Der Wirt räumt die Gläser von den Tischen und stellt sie auf die Theke. Mit Eimer und Wischtuch säubert er die Tische, dann stellt er die Stühle mit der Sitzfläche darauf. Dies ist ein sicheres Zeichen, dass Feierabend ist.

Ein Herr betritt den Gastraum. Der Wirt sagt laut und unüberhörbar, es gebe nichts mehr, so dass es auch die noch im Schankraum verbliebenen Gäste mitbekommen. Es ist Feierabend.

Für Heiko, Gaby und Vera ist es nun auch an der Zeit, aufzubrechen. Vera wendet sich an Gaby und meint, es sei doch gut, wenn sie Heiko ihre Telefonnummer gebe. Vielleicht hätten sie ja Lust, einander einmal wiederzutreffen.

Gaby gibt Heiko ihre Telefonnummer. Heiko dankt dem Wirt, als sie die Gaststätte verlassen.

Vor der Tür weht ihnen ein kühler Wind ins Gesicht. Der Herbst lässt sich nicht mehr leugnen.

Heiko wollte vor Mitternacht im Hause sein. Nun geht er im Morgengrauen neben den beiden Frauen zur U-Bahn-Station.

Ihn friert, doch er lässt sich nichts anmerken. Er denkt an Gaby, die nun zu ihrem Arbeitsplatz muss. Sie muss ebenso müde und abgeschlafft sein wie er. Wie kann sich ein junges Mädchen einen ganzen Tag und eine Nacht ohne Schlaf im Amüsierviertel auf der Reeperbahn aufhalten und anschließend noch acht Stunden arbeiten?

An der U-Bahn-Station Millerntor verabschiedet sich Heiko von Gaby und Vera. Er löst eine Fahrkarte. Auf dem Bahnsteig halten sich wenige Fahrgäste auf. Heiko setzt sich auf die Bank. Er lässt die letzten Stunden im Geiste Revue passieren. Nachdenklich sieht er auf den Zettel mit Gabys Telefonnummer. Er überlegt, ob er ihn nicht einfach wegwerfen soll.

Gaby macht einen intelligenten Eindruck. Ihre Zurückhaltung im Gespräch könnte mit ihrer Erziehung zusammenhängen. Kinder aus der so genannten besseren Gesellschaft sprechen nicht gleich über ihre Herkunft.

In dem Gespräch mit Gaby wurde beiläufig eine politische Schule angesprochen. Nur die besten Schülerinnen und Schüler kamen auf die nationalsozialistischen Vorzeigebildungsstätten. Sie sollten nach dem Willen der Nationalsozialisten die Elite des Volkes bilden. Nur wenige der Schülerinnen und Schüler rekrutierten sich aus Arbeiterfamilien.

Väter, die hohe politische Ämter oder Führungsposten in der Wirtschaft innehatten oder in anderen einflussreichen Positionen saßen, schickten ihre Söhne und Töchter auf diese Schulen, wenn sie die hohen Leistungsansprüche erfüllten. Schülerinnen und Schüler, die in derartigen Schulen ihr Abitur machen konnten, genossen eine privilegierte Stellung und wurden vom später untergegangenen nationalsozialistischen Staat weiter gefördert.

Gaby sieht gut aus, ist blond und hat eine makellose Figur und entspricht damit der nationalsozialistischen Idealvorstellung von einem deutschen Mädchen. Ihr Vater kann Offizier oder vielleicht Polizeipräfekt in Breslau gewesen sein oder irgendeinen anderen anspruchsvollen Posten ausgefüllt haben. Alles ist möglich.

Heiko hat zwei Mal schon mit jungen Mädchen, die sich genauso wie Gaby verhielten, Bekanntschaft gemacht. Das eine Mädchen war eine Baronesse, die andere Tochter eines nicht gerade unbekannten Industriellen. Die eine lernte Heiko in der Tanzschule, die andere auf einer Maskerade kennen.

Heiko erinnert sich daran, wie unwohl er sich im Hause der Baronesse gefühlt hat. Wie unsicher er bei der Unterhaltung mit dem Baron war. Heiko versuchte sich möglichst keine Sprachschnitzer zu erlauben. Ihm wurde bewusst, in dieser Welt konnte er geistig und bildungsmäßig nicht bestehen. Besonders in diesen Kreisen wird jeder Neuling mit Fragen nach Herkunft und Bildung gelöchert. Sehr schnell wird ein Habenichts geschnitten.

Als Glücksritter will Heiko sich nicht versuchen. Er malt sich aus, wenn seine Familie in dem Kreis der Aristokraten erschiene, welche Peinlichkeiten er erleben müsste. Seine Mutter würde sich in wenigen Minuten mit ihrer Ausdrucksweise und ihren bescheidenen Kenntnissen bis auf die Knochen blamieren. Sie ist eine einfache Volksschülerin gewesen und hat keinerlei Berührung mit Literatur und klassischer Musik gehabt. Jedes Gespräch auf einem dieser Gebiete würde sie bloßstellen und als Ignorantin entlarven. Als Arbeiterfrau hatte sie keine Gelegenheit, sich weiterzubilden.

Die Unterschiede zwischen einem Arbeiter und einem Akademiker sind groß. Zwischen ihnen liegen Welten, die kaum zusammenkommen können. Die verschiedenen Lebensweisen zeigen sich zum Beispiel in Manieren und Tischgewohnheiten. Schon beim Hantieren mit dem Tischbesteck ist die Herkunft zu erkennen.

Heikos Mutter hat ihren Haushalt wie Millionen anderer Frauen ihres Standes nach ihren Möglichkeiten geführt.

Heikos Schwester ist unmöglich. Sie ist immer ein Enfant terrible gewesen und hat sich nicht geändert. Sie könnte keine Minute unter gebildeten Menschen bestehen. Wie sie sich gibt und kleidet, wirkt sie ziemlich gewöhnlich und passt nicht in eine anspruchsvolle Gesellschaft. Sie wäre vielleicht sogar neidisch, dass sich ihrem Bruder möglicherweise eine große Chance eröffnet. Sie würde hinter seinem Rücken Ränke schmieden, um Mittelpunkt der Familie zu werden.

Heiko schätzt seine eigenen Möglichkeiten sehr gering ein, da er nichts vorzuweisen hat, das Eindruck machen könnte. Er stellt sich vor, dass es unter den Arbeitern Familien gibt, die durchaus über ein hohes Bildungsniveau verfügen und dem Geldadel und den Aristokraten darin keineswegs nachstehen. Heiko aber möchte nicht in den Verdacht geraten, er sei darauf aus, eine wohlhabende Tochter zu freien, um zu Wohlstand zu kommen.

Es ist nicht auszuschließen, dass Gaby die Reeperbahn aufgesucht hat, um ein Abenteuer zu erleben, weil sie sich vielleicht in ihrer Welt isoliert fühlt. Kommt sie aus einer wohlhabenden Familie, ist es für Heiko besser, Gaby zu vergessen.

Heiko kann sich nicht entschließen, die Telefonnummer, die er in seinen Händen hält, wegzuwerfen. Die spärlichen Auskünfte, die Heiko über ihr Leben erfuhr, lassen keinen

Schluss auf ihren Stand zu. Alles spricht dafür, dass sie etwas nicht preisgeben will, was vielleicht zu Missverständnissen führen kann.

Nach der langen Nacht zu Hause angekommen, steckt Heiko den Notizzettel mit der Telefonnummer in seine Brieftasche. Wegwerfen kann er ihn immer noch, denkt er.

Alles ist sonderbar an diesen beiden Frauen. Es ärgert Heiko, dass er immer sehr skeptisch und misstrauisch ist. Allerdings hat ihn diese Einstellung schon manches Mal vor Schaden bewahrt. Es wird mehr gelogen und übertrieben in dieser Welt als die Wahrheit verträgt.

Es ist merkwürdig: Gaby hat nicht viel über sich erzählt im Gegensatz zu der älteren Vera, die offenbar auf St. Pauli zu Hause ist. Es gibt sicherlich nicht viele Frauen, die einen St. Pauli-Musiker als ihren Freund oder Bekannten bezeichnen können. Vera kann es. Aber welche Rolle in diesem Trio spielt Gaby?

Tage vergehen. Heiko bleibt unentschlossen, ob er Gabys Nummer wählen soll. Doch er ist Realist. Warum soll er Gaby nicht anrufen? Wenn das Gespräch nicht zustande kommt, wird Heiko die Chose vergessen. In seiner augenblicklichen Situation ist es ohnehin besser, keine feste Verbindung einzugehen.

Heiko macht sich keine Illusionen. Ein Mädchen in ihrem Alter wird keine Jungfrau mehr sein. Gaby wird intime Männerbekanntschaften haben oder gehabt haben. Die kurze nächtliche Bekanntschaft mit Heiko hat sie vielleicht schon vergessen.

Vielleicht treibt Gaby ihre Späße mit ihren Männerbekanntschaften und gibt auf Wunsch eine Fantasie-Telefonnummer weiter, unter der sie nicht zu erreichen ist. Doch mit Heiko wird sie keine Spielereien treiben können. Heiko lässt sich

Das Bedürfnis und die Vergewaltigung

nicht zum Narren machen. Mit einem Telefonat lässt sich schon feststellen, ob sie überhaupt Interesse hat, dass Heiko sich bei ihr meldet, wenn sie überhaupt unter der Telefonnummer zu erreichen ist.

Es ist verrückt, sagt er sich. Er hat sich doch vorgenommen, sich nicht mit Frauen einzulassen. Aber wenn Gaby durchblicken lässt, dass sie sich freuen würde, Heiko wiederzusehen, wird er sich mit ihr treffen. Irgendwie hat Gaby Heiko den Kopf verdreht. Gaby, das rätselhafte Mädchen, hat ihn verzaubert. Sie hat Heiko hypnotisiert und in ihren Bann geschlagen.

Heiko steht vor einer Telefonzelle. Nun wird sich zeigen, ob Gaby ihm eine korrekte Telefonnummer gegeben hat oder nicht. Das Blut in seinen Adern hämmert. Er steckt die Münzen in den Schlitz und wählt die Nummer. Das Freizeichen ist zu hören. In der Zentrale meldet sich eine freundliche Frauenstimme: „Industrie für Werksmaschinen!" Die Telefonistin stellt das Gespräch durch.

Gaby meldet sich. Ihre Stimme am Telefon klingt ruhig, sympathisch und selbstbewusst.

Heiko ist unsicher. Sie hat sicherlich einen anspruchsvollen Beruf. Heiko hat Zweifel, ob er nicht doch auf diesen Anruf lieber hätte verzichten sollen. Sie kommt sicherlich aus einem begüterten Haus. Er hat Verständnis, wenn Gabys Eltern sich keinen Kellner als zukünftigen Ehemann für ihre Tochter wünschen.

Das Telefongespräch endet mit einer Verabredung.

In der *Jungmühle* hat Heiko Gaby kennen gelernt und dort verabreden sie sich wieder. Gern hätte er sie vor dem Tanzvergnügen zum Essen in ein gepflegtes Restaurant eingeladen, wie es üblich ist. Aber hierzu fehlt ihm das Geld.

Er ist froh, dass Gaby die Einladung angenommen hat,

obwohl er damit seinen Vorsatz gebrochen hat, keine feste Bekanntschaft einzugehen.

Heiko ist sicher, ihre Verschwiegenheit und ihr sicheres Auftreten sprechen eine eindeutige Sprache. Sie ist kein Kind vom Lande. Vielleicht erscheint sie zur Verabredung auch gar nicht?

Wenn sie tatsächlich begüterte Eltern hat, ist es durchaus sehr freundlich und menschlich, dass sie ohne Widerspruch die Einladung in die *Jungmühle* akzeptierte, denkt Heiko. Er macht sich nichts vor. Eine dauerhafte Verbindung zwischen Gaby und ihm kann es nicht geben.

Gaby kommt pünktlich zur verabredeten Zeit. Sie tanzen miteinander und Heiko verbringt mit ihr einen wunderschönen Abend.

Heiko ist in der Zwischenzeit als Koch in einer bekannten Dosenfabrik eingestellt worden. Nun kann er über etwas Geld verfügen. In der Fabrik wird nur werktags gearbeitet und er kann sich mit Gaby regelmäßig samstags treffen.

Heiko kennt Gaby erst einige Wochen. Sie haben sich jedes Wochenende getroffen. Die telefonische Absprache klappt bisher reibungslos.

Heiko sucht eine Telefonzelle und wirft die Münzen in den Schlitz des öffentlichen Fernsprechers. Er freut sich schon auf ein Wiedersehen mit Gaby. Er wählt die Telefonnummer. Er lauscht in die Muschel. Jeden Augenblick wird sich die Stimme der freundlichen Telefonistin melden und diese wird das Gespräch in die Abteilung durchstellen, in der Gaby beschäftigt ist.

Die Telefonistin meldet sich und Heiko bittet, Gaby sprechen zu dürfen. Er freut sich, gleich ihre angenehme, wohlklingende Stimme zu hören.

Stattdessen sagt eine unfreundliche zynisch klingende männliche Stimme: „Sie ist heute nicht zur Arbeit erschienen!"

Der Telefonhörer wird auf die Gabel geknallt. Das Gespräch ist beendet, bevor es begann. So lange Heiko Telefonate führt, hat er so etwas nicht erlebt. Einerseits klang die Stimme verärgert, dass Gaby nicht zur Arbeit erschienen ist. Andererseits könnte Gaby diesen Menschen beauftragt haben, Heiko die Lust zu nehmen, sich mit ihr zu treffen.

Heiko kennt Gaby erst sechs Wochen. Es ist sicherlich nicht angebracht, bei ihr zu Hause zu erscheinen. Sie privat telefonisch zu erreichen, ist ausgeschlossen. Die meisten Bürger haben im Jahre 1948 noch keinen Telefonanschluss.

Es gibt viele Möglichkeiten. Vielleicht hat Gaby nicht den Mut, Heiko vor die Tatsache zu stellen, dass ihr nichts an ihm liegt. Bis zur Stunde ist kein intimes Verhältnis mit Gaby entstanden. Sie haben sich nur regelmäßig zum Tanzen getroffen. Doch Heiko hat nie den Eindruck gehabt, dass sie seine Gegenwart nicht schätzt, eher das Gegenteil.

Heiko muss sich eingestehen, er kann Gaby nichts bieten. Sie ist attraktiv und kann sich den Mann aussuchen, für den sie bereit ist, sich hinzugeben.

Je länger er über das Verhältnis zwischen Gaby und ihm nachdenkt, umso mehr kommt Heiko zu der Überzeugung, dass er sich damit abfinden muss, dass die eben begonnene Bekanntschaft schon wieder beendet sein wird.

Heiko ärgert sich über die unverschämte Abfertigung am Telefon. Er hätte Lust, sofort zu Gabys Arbeitsplatz zu fahren und dem Kerl gehörig den Marsch zu blasen. Doch in Gabys Interesse muss er davon Abstand nehmen. Er kann nicht ausschließen, dass Gaby auf ihrer Arbeitsstätte Schwierigkeiten bekommt.

Heiko hatte geplant, mit Gaby zu einem Tanzvergnügen ins *Winterhuder Fährhaus* zu gehen. Gaby sollte sogar bei Heiko schlafen, damit sie den weiten Weg in das heimatliche Dorf nach einer durchtanzten Nacht nicht antreten muss.

Heiko überlegt. Soll er erst gar nicht hingehen, weil er sich mit Gaby nicht treffen kann?

Wenn Gaby krank sein sollte, hätte sie ja den unmöglichen Menschen bitten können, Heiko auszurichten, sie sei krank und werde sich wieder melden. Jedenfalls musste sie am Freitag gearbeitet haben und vergnügt und munter gewesen sein, denn dieser unmögliche Mensch schien enttäuscht, weil sie nicht zur Arbeit gekommen war.

Heiko hat sich auf diesen Sonnabend sehr gefreut, mit Gaby im *Winterhuder Fährhaus* zu tanzen. Nun versucht er, für ihre Abwesenheit eine plausible Erklärung zu finden. Er war mit Gaby fest verabredet und es fehlten nur Uhrzeit und Ort, wo sie sich hätten treffen wollen. Heiko schließt nicht aus, dass Gaby diesen unmöglichen Menschen nutzt, um ihm den Laufpass zu geben.

Einfach zu ihr aufs Land zu fahren, um sich zu erkundigen, warum sie nichts von sich hat hören lassen, ist sinnlos. Die Verkehrsverbindungen zu dem Dorf sind problematisch. Außerdem scheint es ihm nicht ratsam, plötzlich bei ihr aufzutauchen, ohne eingeladen zu sein. Das wird sicherlich bei den Eltern auf Unverständnis stoßen.

Heiko weiß, Gaby ist ein begehrenswertes Mädchen, und sie wird es wissen. Vielleicht hat sie ihn als langweilig eingestuft und will von ihm nichts mehr wissen.

Er will auf alle Fälle den Eindruck vermeiden, er suche ein sexuelles Abenteuer bei ihr. Er hat es bei Mädchenbekanntschaften nie darauf angelegt, die üblichen Komplimente zu machen, damit es dem betroffenen Mädchen leichter fällt, sich mit einem Mann einzulassen und Sex zu haben.

Oft sind Frauen bereit, mit einem Mann am ersten Abend intim zu werden. Das Abenteuer Sex ist vielen Menschen

Das Bedürfnis und die Vergewaltigung

wichtig. Nur wie, wo und wann mit wem Sex betrieben wird, ist nicht selten unverständlich.

Heiko gesteht sich selbst ein, dass er sehr gern mit vielen Mädchen gleich am ersten Abend ins Bett gehen würde. Aber er möchte nicht zu den Männern gezählt werden, die sich nicht beherrschen können, noch die Folgen ihres Handelns bedenken.

Heiko sieht auf die Uhr. Im *Winterhuder Fährhaus* hat der Festabend schon vor zwei Stunden begonnen. Er will sich nicht länger den Kopf darüber zerbrechen, warum Gaby ihn versetzt hat. Er hat sich damit abgefunden, dass das gerade begonnene Verliebtsein schon wieder zu Ende ist.

Heiko zieht sich um, verlässt das Haus und steuert das *Winterhuder Fährhaus* an. Er will sich nicht zu Gabys Sklaven oder Narren machen lassen. An der Kasse bezahlt er seinen Eintritt und gibt an der Garderobe seinen Mantel ab. Laute Musik dringt aus zwei Sälen.

Heiko überlegt, ob er nicht wieder nach Hause gehen und eine Nachricht von ihr abwarten soll. Doch diesen Gedanken verwirft er schnell, denn aus seiner Sicht spricht alles dafür, dass die kurze Liaison bereits beendet ist.

Heiko bleibt am Saaleingang stehen und sieht den Tanzenden zu. Es herrscht eine ausgelassene Stimmung unter den Gästen. Einige Mädchen sitzen allein an ihren Tischen, während der größte Teil der Gäste vergnügt tanzt. Heiko weiß, er könnte sofort eins von diesen Mädchen, die nicht aufgefordert worden sind, zum Tanz holen. Das Mädchen wäre ihm wahrscheinlich dankbar, nicht als Mauerblümchen sitzen geblieben zu sein.

Heiko nimmt sich vor, sich zu amüsieren und Gaby zu vergessen, aber es will ihm nicht recht gelingen.

Plötzlich spürt er eine Hand auf seiner Schulter. Er dreht sich um und sieht in das lachende Gesicht eines ehemaligen Lehrkollegen.

„Alter Junge, ich habe dich schon einige Minuten beobachtet. Fehlt dir etwas? Hier sind so viele schöne Mädchen, die alle noch etwas erleben möchten", sagt der Kollege.

„Ich brauche heute noch etwas Zeit, bevor ich mich ins Vergnügen stürze", erwidert Heiko.

„Na denn, überlege nicht lange, sonst ist der Abend vorbei und du bist nicht zu deinem Recht gekommen." Der Kollege gibt ihm einen kameradschaftlichen Klaps auf die Schulter und fordert ein Mädchen zum Tanz auf. Er dreht sich noch einmal um und gibt ihm ein Zeichen, nun endlich auch ein Mädchen zum Tanz zu holen.

Heiko lächelt und geht auf ein allein an einem Tisch sitzendes Mädchen zu. Mit einer Verbeugung fordert er sie artig zum Tanz auf. Sie lächelt ebenfalls und lässt sich von ihm zur Tanzfläche führen. Heiko sieht sie an und verbeugt sich vor dem Tanz abermals. Sie tanzt gut und Heiko fragt sie, ob sie allein hier sei. Sie verneint. Sie sei mit ihrer Freundin und deren Freund gekommen.

Heiko tanzt noch einige Male mit dem Mädchen. Sie ist nett und sieht gut aus, aber irgendwie kann Heiko sich nicht von den Gedanken an Gaby lösen. Er hätte zu Hause bleiben und auf eine Nachricht von ihr warten sollen.

Heiko verabschiedet sich von seiner Tanzpartnerin und bemerkt, dass sie enttäuscht ist. Sie hat sicherlich damit gerechnet, dass Heiko an diesem Abend ihr Partner bleibt.

Heiko geht zur Garderobe, lässt sich seinen Mantel geben und verlässt die Veranstaltung. Auf der Straße hört er noch eine Zeitlang die Musik aus dem Fährhaus.

Für Heiko ist dieser Tag ein Tag der Enttäuschung.

Der Weg bis zu seinem Zuhause ist nicht weit. Heiko atmet tief die kalte Herbstluft ein. Er denkt darüber nach, ob er sich richtig verhalten hat. Ihm fällt sein Lehrkollege ein. Der hatte von sich behauptet, er hätte mit drei Mädchen gleichzeitig ein intimes

Verhältnis haben können. Zeitlich sei es für ihn als Arbeitslosen kein Problem, bei jedem Mädchen den Liebhaber abzugeben.

Vielleicht ist es für Heiko wirklich die beste Lösung, Gaby nicht wiederzusehen. Aber es ist merkwürdig, er kann die Gedanken an sie nicht verdrängen. Selbst kurz vor dem Schlafen denkt er an sie.

Am nächsten Morgen ist sein erster Gedanke, ob er von ihr Post erhalten hat. Am Nachmittag ist es Gewissheit, sie hat nicht geschrieben. Heiko ärgert sich über sich selbst, dass er es nicht einsehen will. Gaby ist nicht auf ihn angewiesen und wird ihn längst abgeschrieben haben.

Am Dienstag kommt von ihr auch keine Post. Heiko schreibt ihr nicht. Es darf nicht so aussehen, als laufe er ihr nach. Nach wie vor ist es sein Grundsatz, ganz gleich auf welchem Gebiet: Er lässt sich nicht zum Sklaven oder Pantoffelhelden machen.

Zwei weitere Tage erhält Heiko kein Lebenszeichen von ihr. Vielleicht ist es ein Wink des Schicksals, von ihr nichts mehr zu hören, denkt Heiko. Gabys Liebreiz zu widerstehen, ist nicht einfach. Aber ihr nachzulaufen, kommt für ihn nicht in Frage.

Nach sechs Tagen jedoch, am Donnerstag, erhält Heiko von Gaby einen mit Schreibmaschine geschriebenen Brief.

Mit der Schreibmaschine hat Gaby den Brief geschrieben, weil sie meint, ihre Handschrift sei zum Teil unleserlich. Aber für sie sei dieser Brief wichtig. Gaby entschuldigt sich, weil sie nicht wie vorgesehen am Samstag zum Treffen kommen konnte. Sie habe sich nicht wohl gefühlt.

Heiko überlegt. Einerseits freut er sich, dass Gaby ihn um Entschuldigung bittet. Andererseits muss er sich nun bei ihr melden und ein neues Treffen verabreden. Dafür muss er im Werk anrufen. Allerdings hat er keine Lust, sich wieder in beleidigender Weise am Telefon abfertigen zu lassen.

Heiko ist unschlüssig, ob er Gaby im Betrieb anrufen soll

oder nicht. Doch schließlich kann Gaby nicht wissen, wie unmöglich ihr Abteilungsleiter sich Heiko gegenüber verhalten hat. Wenn man ihm noch einmal so dumm kommt, wird er zum Werk gehen und diesem Menschen die Meinung sagen, wie sich Mitteleuropäer am Telefon zu verhalten haben.

Heiko geht zur Telefonzelle, nimmt den Hörer in die Hand und wirft die Münzen ein. Dann wählt er die Nummer. Sein Herz klopft und er fragt sich: Wird sich Gaby oder dieser unmögliche Mensch melden?

Es meldet sich die freundliche Telefonistin und stellt das Gespräch durch.

Gabys sonst so angenehme, weiche Stimme klingt kalt und abweisend. Sie antwortet nur mit Ja und Nein. Heiko hat das Gefühl, dass jemand im Raum ist, vor dem sie nicht frei sprechen kann. Am Ende, nachdem die Verabredung besprochen ist, kommt nur ein kurzes „Bis dann".

Heiko ist enttäuscht. Gaby hat am Telefon eine deutliche Kehrtwendung in ihrem Verhalten gemacht. Aus dem Brief sprach Herzlichkeit, das Gespräch aber strahlte eisige Kälte aus. Die vorangegangenen wenigen Telefongespräche, die Gaby mit Heiko von ihrer Arbeitsstelle aus führte, klangen unbeschwert und herzlich. Heiko hatte sich gewundert, dass Gaby während der Arbeitszeit auf einem Werkstelefon Privatgespräche entgegennehmen durfte. Er glaubte, sie sei eine wichtige Arbeitskraft, der Zugeständnisse zu machen seien, und zu diesen zähle das Telefonieren.

Heiko muss seine Meinung revidieren. Erst am Samstag das Fiasko mit dem unmöglichen Menschen und nun das abweisende Verhalten am Telefon. Das freie, ungezwungene Sprechen war sicher nur deswegen möglich, weil Gaby allein am Arbeitsplatz war. Nun ist ihr Vorgesetzter im Raum, der Privatgespräche nicht duldet.

Oder war es ganz anders? Gaby hat vielleicht ihrem Vorgesetzten erzählt, dass sie Heiko in der Großen Freiheit auf der Reeperbahn kennen gelernt hat und dass er von Beruf Kellner und Koch ist. Dem Kellnerberuf eilen abstruse Geschichten voraus und Gabys Vorgesetzter rät vielleicht, Heiko in die Wüste zu schicken, weil sie einen besseren Mann verdient hätte. Am Telefon am Samstag hat er mit wenigen Worten und damit, dass er den Hörer auf die Gabel geknallt hat, ein deutliches Zeichen gesetzt, dass Gaby mit Heiko nichts mehr zu tun haben will.

Heiko ist mit Gaby am Dammtorbahnhof verabredet. Sie kommt pünktlich zum Treffpunkt, aber sie ist nicht allein. Ihre ältere Freundin Vera hat sie mitgebracht.

Heiko hat den ganzen Freitag bis Samstagmittag durcharbeiten müssen. Er konnte seine Kleidung nicht wechseln. Er erklärt, er müsse sich umziehen und Gaby könne ihn begleiten. Doch Gaby zieht es vor, bei Vera zu bleiben. Sie verabreden sich in der *Jungmühle.*

Heiko hat nicht vor, mit Gaby in die *Jungmühle* zum Tanzen zu gehen. Er ist nicht mehr arbeitslos und muss nicht mehr darauf achten, das preiswerteste Tanzlokal aufzusuchen.

Heiko ist enttäuscht, weil Gaby nicht allein gekommen ist. Hatte er doch die feste Absicht, Gaby bei sich zu Hause einzuführen. Nun muss er von dem Vorhaben ablassen. Beide Frauen kann er nicht mit zu seinen Eltern bringen. Es gäbe Ärger, wenn er es trotzdem täte. Seine Mutter ist sehr ängstlich und will keine Schwierigkeiten mit der Hausbesitzerin bekommen. Die Hausordnung sieht vor, dass Damenbesuch spätestens um 22 Uhr das Haus zu verlassen hat.

Es ist zwar noch früh am Tage, aber Vera ist für das Alstervillenviertel zu auffällig gekleidet. Ihr Gang, ihre Bewegungen und das laute, schrille Lachen sprechen dafür, dass sie aus einem zweifelhaften Milieu kommt, das die kultivierte Welt nicht kennt und zu dem sie auf Distanz geht. Deshalb ist Heiko mit Gaby und Vera in der *Jungmühle* verabredet.

Heiko ist einerseits ganz froh, Gaby heute seinen Eltern nicht vorstellen zu müssen. Andererseits ist er überhaupt nicht begeistert, Gaby in Begleitung ihrer älteren Freundin angetroffen zu haben. Er hat sich vorgenommen, etwas mehr aus Gabys Leben zu erfahren. Bisher war es unpassend und immer musste Heiko die interessanten Fragen zurückstellen. Nur ein Mal deutete Gaby an, sie sei Schülerin auf der nationalpolitischen Schule gewesen.

Heiko erinnert sich daran, dass es im so genannten Dritten Reich nationalsozialistische Führungsschulen gab, die sich NAPOLA nannten. Die sollten nur die linientreusten nationalsozialistischen Schüler besuchen.

Irgendwie ist Gaby noch rätselhafter für Heiko geworden. Ihr ganzes Verhalten spricht dafür, dass sie aufgrund ihrer Vergangenheit nicht ohne Weiteres bereit ist, viel aus ihrem bisherigen Leben preiszugeben.

Im so genannten Dritten Reich genossen die *Hundertprozentigen* Vorteile und wurden vom Staat gefördert. In der Bevölkerung wurden sie mit Vorsicht behandelt. Niemand wagte es, diesen Menschen gegenüber ein unbedachtes Wort zu sagen.

Gaby hat vielleicht aus diesem Grunde ihre Schulverhältnisse bewusst bisher unerwähnt gelassen. In diesen Eliteschulen wurden herausragende Schulzeugnisse gefordert. Ebenso hoch gesteckt waren die Anforderungen an sportliche Leistungen und Disziplin. Schülerinnen und Schüler kamen aus Familien hoher Nazifunktionäre. Die Kandidaten mussten dem „germanischen" Leitbild entsprechen.

Heiko möchte Gaby gegenwärtig mit nicht zu vielen Fragen belästigen. Seine Bekanntschaft mit ihr zählt Wochen und es macht keinen guten Eindruck, an ihren spärlichen Darstellungen Zweifel zu äußern.

Heiko macht sich gegen Abend auf den Weg zur *Jungmühle*. Sollten die beiden Frauen nicht dort sein, hat er sich vorgenommen, das Thema Gaby endgültig als abgeschlossen zu betrachten.

Auf dem Wege erinnert er sich wieder an seinen Vorsatz, keine feste Bindung in der nächsten Zeit einzugehen. Er ärgert sich über sich selbst, da er sich offenbar in einem Zustand der Abhängigkeit befindet. Diesen Zustand zu beenden, ist leichter gesagt als getan. Er ist verliebt und will Gabys Nähe.

Heiko biegt in die Große Freiheit ein. Die Straße ist eng und das Neonlicht der Werbung, das in den verschiedenen Farben die Besucher beleuchtet, verfehlt seine Wirkung nicht. Aus den Etablissements ist laute Musik zu hören. Vor den Eingängen stehen Portiers.

Die Große Freiheit ist die Amüsierstraße, die jeder St. Pauli-Besucher gesehen haben muss. „Große Freiheit Nr. 7", der Film mit Hans Albers, hat diese Straße weltberühmt gemacht. Es ist verführerisch, in einen der Nachtclubs hineinzugehen, um bei einem Drink ein wenig Nachtleben in der so berühmten Straße zu schnuppern.

Heiko ist unbeeindruckt von dem Treiben in dieser Straße. Zielstrebig marschiert er zur *Jungmühle*. Er ist fixiert auf das Treffen mit den beiden Frauen. Was die wohl den ganzen Nachmittag getrieben haben? Sie müssten eigentlich müde und abgespannt sein.

Gespannt steht Heiko an der Kasse und fragt sich, was er wohl gleich zu sehen bekommt. Er bezahlt das Eintrittsgeld und gibt an der Garderobe seinen Mantel ab.

Die *Kapelle Jule Abel* spielt gerade eine beliebte Glenn-Miller-Melodie. An der Decke dreht sich die Glitzerkugel, die in schneller Folge wie von Geisterhand mit hellen Blitzen die Gesichter der Gäste erleuchtet.

Heiko steht am Eingang des Gastraums und versucht Gaby

mit ihrer Freundin zu entdecken. Langsam geht er auf die ersten Tische zu und sieht in die Nischen. In einer davon sitzen tatsächlich Gaby und Vera.

Heiko war darauf eingestellt, die beiden Frauen nicht anzutreffen.

Die Begrüßung ist wie unter Freunden. Zärtlichkeiten werden nicht ausgetauscht. Es ist vielleicht in dieser Umgebung nicht angebracht, sich liebevoll zu umarmen und zu küssen.

Vera hat Augenkontakt mit dem Pianisten. Hin und wieder hebt sie zum Gruß die Hand und der Pianist lächelt.

Heiko tanzt mit Gaby. Vera fordert er nicht zum Tanz auf. Irgendwie liegt ihm Gabys ältere Freundin nicht. Außerdem will er vermeiden, dass Gaby mit einem anderen Mann tanzt. Doch Gabys Freundin hat eh nur noch Augen für den Pianisten. Auf Heiko macht sie wieder einen durchtriebenen Eindruck.

Ihm wird alles immer rätselhafter. Gaby hat ihm erklärt, sie sei an dem Tage, als sie Heiko in der *Jungmühle* traf, das erste Mal auf der Reeperbahn gewesen.

Heiko tanzt, wie es üblich ist, drei Tänze und führt Gaby danach zum Tisch zurück. Sie setzen sich. Die Kapelle macht eine Pause. Die Freundin sagt: „Da kommt er!"

Der kleine glatzköpfige Pianist, ungefähr in Veras Alter, hat ein gutmütiges Gesicht. Er tritt an den Tisch und begrüßt Vera freundlich und ohne sich vorzustellen, begrüßt er auch Gaby und Heiko, als würde er sie schon lange kennen. Seine unbefangene Art macht den Pianisten sympathisch. Vielleicht ist es unter den St. Paulianern gang und gäbe, Bekannte, die irgendwelche Personen mitbringen, so zu behandeln, als ob man sich schon ewige Zeit kennt.

Die Pause ist kurz. Der Pianist muss zurück an sein Piano,und die Kapelle beginnt wieder zu spielen, Heiko betrachtet nachdenklich, das Leben in der Jungmühle.

Alles was Gaby bis heute erzählte, ist es die Wahrheit oder sind es alles Lügengeschichten? Es ist nicht auszuschließen, dass Gaby und Vera keine Unbekannten in St. Pauli-Kreisen sind.

Heiko sieht auf die Uhr, die Zeit ist weit vorgeschritten. Die Kapelle spielt die Feierabendmelodie: „Guten Abend, gute Nacht…".

Die Lichter im Gastraum werden reduziert. Die Spiegelkugel unter der Decke, die gespenstische Lichtblitze auf die Gesichter der Gäste zaubert, bleibt stehen. Die beiden Frauen warten auf den freundlichen Pianisten.

Heiko ist sichtlich nervös. Er weiß nicht, wie er die vor ihm liegende Herausforderung meistern soll.

Erst in Stunden verkehren die ersten öffentlichen Verkehrsmittel nach Billbrook und wo soll Heiko sich mit den beiden Frauen in dieser Zeit aufhalten?

Ein Stundenhotel auf St. Pauli aufzusuchen, ist für Heiko keine Lösung. Gaby soll von Heiko nicht den Eindruck haben, dass er es nur auf Sex mit ihr anlegt. Endlich kommt gut gelaunt der Pianist auf Vera, Gaby und Heiko zu und er sagt ohne Umschweife: „Trinken wir noch ein Bier?"

Heiko fühlt sich erleichtert. Sie suchen ein Frühlokal auf…"

Es kommen weitere Gäste und das Lokal füllt sich. Es wird Bier getrunken und ein kleiner Imbiss zu sich genommen. Den meisten der Gäste steht der Stress der vergangenen Nacht ins Gesicht geschrieben.

Heiko sieht nachdenklich auf das vor sich stehende Glas und versucht Antworten zu finden auf das, was er gesehen und erlebt hat. Er denkt, wenn sich im Augenblick alles mehr oder weniger in einer Schräglage befindet, dann ist das exzellent eingeschenkte und richtig temperierte Bier der einzige Lichtblick.

Nach einer ganzen Weile sagt der Pianist: „Es war wieder einmal ein anstrengender Tag. Ich bin müde und euch geht es sicherlich auch nicht anders. Wenn ihr etwas leise seid, dann könnt ihr eine Mütze voll Schlaf bei mir nehmen."

Heiko sieht Gaby an. Gaby lächelt und nickt zustimmend. Heiko nimmt sich vor, in Zukunft den Rest der Nacht mit Gaby bei sich zu Hause zu verbringen. Es ist das letzte Mal, dass er nicht weiß, wo er nach verbrachtem Tanzvergnügen hingehen kann, um noch ein paar Stunden zu schlafen, bevor das Arbeitsleben beginnt.

Nun löst unerwartet der Pianist das Problem und Heiko ist froh, nicht wieder in dem Frühlokal auf die ersten Verkehrsverbindungen warten zu müssen. Gemeinsam verlassen sie die Gaststätte.

Der Pianist führt sie zu einem Altbau. „Bitte seid nicht so laut", lächelt der Musiker. „Die Nachbarn müssen nicht wach werden. Meine Eltern sind es von mir gewohnt, dass ich jemanden zum Schlafen mitbringe. Die öffentlichen Verkehrsmittel beginnen ihren Dienst am Sonntagmorgen sehr spät. Es wäre unverantwortlich, jemanden auf der Straße stehen zu lassen, bis die erste Straßenbahn oder U-Bahn eingesetzt wird. Die Frühlokale bleiben zwar geöffnet, bis die ersten Verkehrsverbindungen einsetzen. Aber in einem Frühlokal hundemüde und leicht angesäuselt herumzusitzen, ist ja auch kein Vergnügen."

Das ist eine vernünftige Einstellung, sagt sich Heiko.

Sie gehen einer hinter dem anderen leise die Treppen hinauf. Unter ihren Füßen knarren die Holzstufen. Um die Jahrhundertwende gebaute Wohnhäuser der Arbeiter haben hölzerne Treppenstufen. Das Haus hat den Krieg überstanden.

Im zweiten Stock schließt der Pianist die Wohnungstür auf und lässt die drei eintreten. Der für alte Häuser typische Flur ist etwa sechs Meter lang und sehr schmal. Vom Flur gehen fünf Zimmer ab.

Das Schlafzimmer der Eltern liegt am Ende des Flurs. Daneben befindet sich die Küche. Dann folgen das Wohnzimmer und die Toilette, danach das Zimmer für den Pianisten und zum Schluss ein kleiner Raum, in dem ein Flügel steht.

Der Pianist führt seine Gäste ins Wohnzimmer. Hier steht sein Bett. In dem kleinen Zimmer befindet sich eine Couch.

Der Pianist gibt Heiko eine Decke und zwei Kopfkissen und wünscht mit vielsagendem Lächeln Gaby und Heiko eine angenehme Nacht. Offenbar rechnet er damit, dass beide sich vor dem Schlafen noch vergnügen.

Heiko legt das Kopfkissen auf die Couch und sagt: „Gaby, bitte mach es dir bequem. Ich lege mich dir zu Füßen." Der Platz auf der Couch reicht für zwei Personen nicht.

Gaby geht zur Toilette und nachdem sie zurückgekommen ist, zieht sie Bluse und Rock aus und legt die Kleidungsstücke sehr ordentlich über den Stuhl. Sie hat gegenüber Heiko keine Hemmungen, sie entledigt sich einfach ihrer Kleidung.

Heiko sieht, dass Gaby eine perfekte Figur hat, die jeden Mann anziehen muss. Er macht sich zum Schlafen fertig und versucht seine Gedanken zu ordnen. Gaby liegt auf der Couch und hat sich mit der Decke zugedeckt. Heiko hat den Eindruck, als sei es für Gaby ein normaler Zustand, eine nicht vorgesehene Einladung anzunehmen und in einem fremden Haus zu nächtigen. Welche Rolle Vera in Gabys Leben spielt, kann Heiko nicht einschätzen. Es ist für ihn alles so nebulös. Bisher ist Heiko immer noch im Glauben, er müsse sie eventuell aus einer Zwangslage herausholen.

Heiko fragt sich, was die meisten Männer in seiner Situation machen würden. Vor ihm liegt Gaby, wenig bekleidet. Wenn er sich zu ihr legte und es mit ihr treiben wollte, würde sie sich wohl nicht wehren.

Die Antwort ist klar. Die meisten Männer würden nicht

lange überlegen, sondern zur Sache gehen, um die Gelegenheit zu nutzen.

Was mag Gaby von ihm in diesem Augenblick erwarten?

Gaby ist zwanzig Jahre alt. Es ist nicht auszuschließen, dass sie schon mit mehreren Männern Sex hatte. Es ist aber genauso wenig auszuschließen, dass sie noch unberührt ist.

Sollte Gaby von Heiko erwarten, dass er die Gelegenheit wahrnimmt und mit ihr schläft? Wenn sie noch unberührt sein sollte und vielleicht darauf wartet, von ihm heute Nacht zur Frau gemacht zu werden, hat sie ein Problem: Sie muss sich anschließend waschen können und womöglich Wäsche wechseln. Wo sollte sie sich in dieser Wohnung waschen können? Außerdem wäre es eine Zumutung, wenn die Couch beschmutzt würde. Die drei sind Gäste in dieser Wohnung und müssen froh sein, nicht auf der Straße zu stehen.

Heiko liegt es ohnehin nicht, eine Gelegenheit schamlos auszunutzen, in der ein Mädchen entweder Sex zulässt oder einen Skandal riskiert. Ein Mädchen gefügig zu machen und zum Sex zu zwingen, ist für Heiko unmöglich. Er weiß, wenn er einem Altersgenossen seine Bedenken offenbart, erklären die meisten ihn für beschränkt. Vielleicht haben sie ja Recht damit? Heiko hat sich jedoch in den Kopf gesetzt, er will Gentleman sein.

Es müsste eine Zeichensprache geben, die signalisiert, was eine Frau oder ein Mann bei passender Gelegenheit sich wünscht, ob sie es treiben wollen oder nicht. Aber diese Vorstellung ist eine Illusion. Männer benutzen immer aufgeblähte und unehrliche Sprüche und Komplimente, um mit einer Frau schlafen zu können.

Heiko hat keine Sprüche benutzt, um ein Mädchen oder eine Frau ins Bett zu bekommen. Dieses Spiel ist ihm zu primitiv. Er wird es auch nicht bei Gaby versuchen.

Heiko kommt von der Toilette zurück und legt sich vor der

Couch auf den Boden. Er überlegt. Sie könnte doch sagen: „Heiko, warum schläfst du nicht mit mir?" Doch Gaby sagt nichts. Und während Heiko noch auf ein Zeichen hofft, schläft er ein.

Tageslicht dringt durch die Fenster in den Raum. Es ist Vormittag.

Die Tür öffnet sich einen Spaltbreit. Vera sieht lächelnd herein und fragt: „Habt ihr gut geschlafen?"

„Ja, wir haben wunderbar geschlafen", erwidert Heiko.

„Wir haben im Wohnzimmer ein kleines Frühstück vorbereitet. Bitte lasst uns nicht zu lange warten", sagt Vera.

Gaby lächelt und sieht Heiko an. Dann steigt sie in ihren Rock und zieht ihre Bluse an. Sie kämmt ihr goldblondes Haar. In ihren Bewegungen steckt Eleganz, verbunden mit Würde.

Sie redet wenig.

Heiko und Gaby kommen ins Wohnzimmer. Sie werden freundlich von Vera und dem Pianisten begrüßt. Der Pianist bittet sie, nicht zu laut zu sein, weil seine Eltern nebenan im Zimmer noch schlafen.

Die Art und Weise, wie er ohne lange zu zögern wie selbstverständlich drei Personen mit nach Hause nimmt und sie in der Wohnung nächtigen lässt, erscheint Heiko ungewöhnlich. Er denkt an seine eigenen Möglichkeiten im vornehmen Alsterviertel und muss lächeln. Als Arbeitersohn mit gleich zwei Frauen in der vornehmen Welt der Reichen zu erscheinen und es zu wagen, ihren Stand zu entweihen, würde einen Aufstand und Empörung provozieren. Wenn er mit zwei Gästen, die sich unbekümmert benehmen und möglicherweise lachen, kichern und lärmen, das Haus beträte, dann wäre das sicherlich das Aus. Die Kündigung der Wohnung wäre die Folge.

Bei dem Pianisten herrschen lockere Umgangsformen. Heiko ist von ihm angetan. Er kann sich nicht recht vorstellen, dass der Pianist hinterhältige Gedanken hat. Der Pianist ist zurückhaltend und macht einen bescheidenen, ehrlichen und freundlichen Eindruck.

Sie frühstücken, ohne sich lange beim Frühstück aufzuhalten. Sie wollen die schlafenden Eltern nicht aufwecken.

Heiko fragt den Pianisten, ob er für Frühstück und Nachtlager einen finanziellen Ausgleich beitragen dürfe. Der Pianist sieht ihn freundlich an. „Wenn ihr drei jede Woche regelmäßig kommt, dann müssen wir uns allerdings auf einen Preis einigen", schmunzelt er und fährt fort: „Dein Angebot ehrt mich. Ich habe es gern getan und würde es jederzeit wieder tun."

Heiko und Gaby bedanken sich bei dem Pianisten und verabschieden sich. Vera gibt ihm einen liebevollen Kuss und sagt ebenfalls auf Wiedersehen.

Mit der U-Bahn fahren die drei zum Hamburger Hauptbahnhof. Heiko verlässt Gaby und Vera. Die Frauen nehmen die Straßenbahn nach Billstedt.

Wochen vergehen. Dann ist es so weit.

Es lässt sich nicht mehr hinausschieben. Heiko muss sich bei Gabys Eltern vorstellen.

Wie es sich gehört, hat Heiko einen Blumenstrauß in der Hand und fährt mit dem Dieseltriebwagen von Billbrook nach Lohe. Der Triebwagen holpert in gemächlicher Fahrt über die reparaturbedürftigen Gleise. Der Wagen schaukelt hin und her.

Heiko blickt aus dem Abteilfenster. Die Fahrt geht an Wiesen und abgeernteten Kornfeldern vorbei. Einige Kühe sind auf der Weide. Die Jahreszeit ist weit vorangeschritten. Ab und zu entdeckt Heiko einen geschmückten Weihnachtsbaum. Er blickt nachdenklich auf die am Fenster vorbeiziehende Landschaft.

Heiko bleibt nur noch wenig Zeit, dann wird er bei Gabys

Das Bedürfnis und die Vergewaltigung

Eltern und ihrem Bruder eintreffen. Falls Gabys Eltern zur begüterten Gesellschaft gerechnet werden müssen, wird Heiko sich sehr schnell rar machen. Dass seine Eltern, die nie Berührung mit der noblen Gesellschaft gehabt haben, sich in diesen Kreisen bewegen sollen, ist für Heiko unvorstellbar. Eine Katastrophe wäre programmiert, wenn seine Eltern sich in der Welt des Geldadels zurechtfinden sollten. Für Menschen aus der Arbeiterklasse ist es geradezu eine Folter, wenn sie sich unter wirtschaftlich erfolgreichen und mit akademischen Titeln ausgezeichneten Frauen und Männern bewegen sollen. In der Regel werden diese einfachen Menschen sehr bald geschnitten und abschätzig von der Seite betrachtet. Einfache Volksschulabsolventen, die sich nach der Schule nur in ihrem Beruf weitergebildet haben, haben in diesen Kreisen keinen Gesprächsstoff. Selbst wenn sie sich bemühen, bei einem Thema mitzureden, wird es in einer Blamage enden. Schließlich gibt es unendlich viele Möglichkeiten in einem Gespräch, Leute zu demütigen. Motive für solche Demütigungen gibt es mehr als genug: Neid, Hass, Arroganz, Egoismus oder persönliche Schwächen. Allzu viele Menschen empfinden eine perverse Freude daran, ihre Überlegenheit auszuspielen, wenn sie sich in einer Zusammenkunft produzieren können.

Heiko denkt an die Kleidung seiner Eltern. Sie können sich nur Konfektionsware von *C&A* leisten, tragen diese viel zu lange und die Zusammenstellung der Kleidungsstücke ist auch selten abgestimmt. Die Farbe der Schuhe passt nicht zur Hose oder der Hut entspricht nicht der Jahreszeit. Seine Eltern können mit ihrer Kleidung keinen Staat machen.

Der gravierendste Unterschied zwischen dem Arbeiter und dem Aristokraten besteht darin, dass der Aristokrat von Kindesbeinen an mit der so genannten Bildung vollgestopft wird, das Arbeiterkind hingegen nach der Volksschule eine Lehre aufzunehmen hat. Doch dieses Wissen tröstet Heiko nicht. Es spielt weiter keine Rolle, dass ein Arbeiterkind durchaus einen höheren IQ als ein Akademiker haben kann. Ein Mangel an Bildung hat immer Nachteile, die hin und wieder deutlich zu Tage treten.

Der Mensch bekommt seine Intelligenz mit in die Wiege gelegt und kann sie nicht mehren oder abbauen. Menschen mit höherer Schulbildung und Universitätsstudium aber haben durch eine umfangreiche Ausbildung den Vorteil eines Wissensvorsprungs gegenüber den Menschen, die für ihren Broterwerb arbeiten müssen und nicht die Vorteile einer umfassenden Weiterbildung genießen können, weil die Arbeit kaum Zeit dafür lässt. All dies wird verkannt, so dass nicht selten dem Akademiker zu viel Respekt vom Arbeiter entgegengebracht wird. Heiko jedenfalls hat sich vorgenommen, seinen Eltern jede Demütigung, die durch eine Liaison entstehen könnte, zu ersparen,

Der Triebwagen verringert seine Fahrt. Laut quietschen die Bremsen. Vor dem ländlichen Bahnhofsgebäude kommt das Vehikel zum Stehen.

Heiko sieht Gaby, die schon Ausschau nach ihm hält. Er winkt ihr zu. Sie lächelt.

Heiko öffnet die Tür und mit ihm verlässt ein Teil der Fahrgäste den Zug. Die Türen werden geschlossen und pfeifend setzt sich der Triebwagen wieder in Bewegung. Es ist lustig anzusehen, wie der Zug über die Gleise holpert.

Heiko umarmt Gaby und gibt ihr einen Kuss auf den Mund. Er lächelt und deutet auf die Blumen. „Sie sind für den Antrittsbesuch bei deinen Eltern gedacht", erklärt er.

„Heiko, das ist sehr lieb von dir, aber es wäre nicht nötig gewesen."

„Ich möchte doch bei deinen Eltern einen guten Eindruck hinterlassen. Sie sollen wissen, dass ich die Gepflogenheiten eines Gentlemans kenne. Außerdem bin ich sicher, dass sich deine Mutter über Blumen freut."

„Wir werden sehen", entgegnet Gaby. „Aber nun musst du dich auf einen kleinen Fußmarsch einstellen. Genau zwei Kilometer misst der Weg bis zu unserer Unterkunft. Wir sind in ein Häuschen einquartiert worden, das früher einmal als Altenteil gedient hat. Du findest keine Villa vor."

Gaby wird plötzlich sehr gesprächig.

„Es ist alles sehr beengt, aber wir haben unser kleines Reich für uns allein. Das Haus oder besser gesagt das Häuschen muss meiner Schätzung nach über 100 Jahre alt sein. Es ist ein Überbleibsel aus dem letzten Jahrhundert. Es gibt einen Einblick in eine Zeit vor der Jahrhundertwende, wie früher die alten nicht mehr arbeitsfähigen Menschen ihren Lebensabend verbrachten. Ich kann mir vorstellen, dass sie dennoch trotz der täglichen Plackerei glücklich waren. Sie lebten in Geborgenheit, umsorgt von ihren Kindern, und sie genossen Respekt. Die Weisheit ihres Alters war noch gefragt.

Moderne Hausgeräte, die uns die Arbeit des täglichen Lebens erleichtern könnten, gibt es übrigens nicht. Ich bewundere meine Mutter, die es schafft, uns das Leben angenehm zu machen, obwohl sie sich mit den häuslichen Begebenheiten wie vor hundert Jahren abfinden muss. Fließendes Wasser und Strom zum Kochen haben wir auch nicht. Das Wasser muss aus dem Brunnen gepumpt werden. Das Plumpsklo sauber zu halten, ist keine angenehme Aufgabe. Im Sommer, wenn man sein Geschäft machen muss, schwirren die Insekten in Massen im Klo umher. Man ist gezwungen, die Tür ein wenig offen stehen zu lassen. Im Winter bei strenger Kälte muss man sich warm anziehen, wenn man seine Notdurft verrichten will.

Wir waren ja froh, nach unserer Flucht aus Schlesien zunächst einmal eine Unterkunft in diesem Dorf zu erhalten.

Aber im Laufe der Zeit wird sich vieles zum Guten wenden. So, nun habe ich dich auf unser Zuhause vorbereitet."

Die ersten Häuser des Dorfes sind erreicht.

„Jetzt haben wir es gleich geschafft!" Gaby bleibt vor einem kleinen Häuschen stehen, das sich auf dem Hofgelände einer Bauernstelle befindet. Sie hat es in der Tat treffend beschrieben.

Gaby öffnet die Haustür und sie treten ins Wohnzimmer, das kaum zehn Quadratmeter misst. Gabys Vater sitzt am Tisch und hebt den Kopf. Er sieht Heiko freundlich an und gibt ihm die Hand. Heiko nennt seinen Namen.

Gabys Vater ist Arbeiter und verdient sein Brot auf der Straße oder auf dem Bau. Sein Gesicht und seine Unterarme sind sonnengebräunt. Die Oberarme dagegen, die während der Arbeit von der Kleidung bedeckt werden, sind auffallend blass. Die Spuren harter Arbeit an den Händen von Gabys Vater sind nicht zu übersehen.

Heiko freut sich, dass Gabys Eltern einfache Leute sind. Er hätte schwören können, dass sie aus einer anerkannten Familie stammt. Er ist überrascht, wie gründlich er sich geirrt hat. Aber es ist gut so. Wenn er die Verhältnisse bei Gaby angetroffen hätte, die er immer vermutet hatte, dann wäre es für ihn ein Grund gewesen, sich zu verabschieden.

Gabys Mutter kommt ins Wohnzimmer. Sie legt ihre Schürze ab. Heiko steht auf, stellt sich vor und reicht ihr die Blumen.

„Ich danke Ihnen für den wunderschönen Strauß", erwidert sie erfreut. Sie holt eine Vase, füllt sie mit Wasser und stellt die Blumen hinein. „Nun mache ich uns erst einmal Kaffee."

Sie geht in die Küche, die nicht mehr als zwei Quadratmeter Raum bietet, entfacht mit dem Schürhaken das Feuer und bringt das Wasser zum Sprudeln. Dann gießt sie Kaffee auf. Gaby deckt den Tisch.

Auf den Besuch hat sich Gabys Mutter vorbereitet. Sie hat Kuchen gebacken.

Gabys Bruder erscheint, begrüßt Heiko und setzt sich mit an den Tisch. Er scheint ebenso wenig gesprächig zu sein wie der Vater.

Heiko beginnt ein wenig Smalltalk. Gabys Mutter schenkt ein und während Kaffee getrunken und Kuchen verzehrt wird, kommt das Gespräch in Gang. Man unterhält sich über verschiedene Berufe und Heiko kann einiges über seine Erfahrungen als Bedienung sowie aus dem Hotelleben berichten. Gabys Bruder hat seine in Schlesien angefangene Schlosserlehre nach der Flucht im Westen neu begonnen.

Schnell verrinnen zwei Stunden im Hause von Gabys Eltern. Für Heiko wird es Zeit, zu gehen. Er bedankt sich für die freundliche Bewirtung und verabschiedet sich.

Gaby begleitet ihn bis zum Ortsausgang.

„Nun hast du unser Zuhause kennen gelernt und weißt, wie Flüchtlinge untergebracht sind", sagt sie. „Aber es wird gewiss nicht immer so bleiben. Die Währungsreform wird das Leben weiter verändern. Auf dem Lande haben wir vor der Währungsreform besser gelebt als die Menschen in der Stadt. Wir haben immer etwas zu essen gehabt."

Heiko pflichtet ihr bei. „Du hast Recht. Viele Menschen mussten in der Stadt hungern und frieren und nicht wenige sind erfroren oder verhungert. Der Kampf ums Überleben kannte keine Barmherzigkeit oder Gnade."

Am Dorfausgang nimmt Heiko Gaby in den Arm und küsst sie. Sie verabreden sich zum nächsten Treffen. Gaby will Heiko zur Bahn begleiten, doch er lehnt ab. Er möchte nicht, dass Gaby die zwei Kilometer hin und zwei Kilometer zurück zu Fuß gehen muss.

Gaby mustert ihn und fragt: „Sag mir ehrlich, bist du enttäuscht, dass du dir offenbar etwas anderes vorgestellt hast?

Du hast mal angedeutet, du glaubtest, meine Eltern waren hohe Tiere in der Wirtschaft oder in der Politik. Aber mein Vater ist Arbeiter und meine Mutter ist immer nur Hausfrau gewesen."

„Oh, ganz im Gegenteil!", erwidert Heiko. „Gaby, du sollst eines wissen: Wenn ich festgestellt hätte, dein Vater wäre in Schlesien ein hoher Regierungsbeamter oder eine bedeutende Persönlichkeit in der Wirtschaft gewesen, dann hätten wir uns nicht weiter treffen können. Ich als Habenichts wollte nicht das Risiko eingehen, den reichen Schwiegereltern stets dankbar sein zu müssen. Die anfängliche Hilfsbereitschaft reicher Eltern für einen Schwiegersohn aus bescheidenen Verhältnissen schlägt oft recht bald in Demütigungen und versteckte Anspielungen um. Ich habe keine Minderwertigkeitsgefühle, so glaube ich, nur eins habe ich mir von frühester Jugend bewahrt: Ich möchte von niemandem dauerhaft abhängig sein.

Ich finde es ganz in Ordnung, dass deine und meine Eltern Arbeiter sind. Ich meine, wenn man einen Beruf hat und seinen Lebensunterhalt bestreitet, hat man ein gutes Stück für seine Selbstachtung getan.

Vermögende Schwiegereltern zu haben, mag der Traum vieler armer lediger Männer sein. Ich verbinde damit die Gefahr, daran erinnert zu werden, ohne das Wohlwollen der Schwiegereltern ein Habenichts geblieben zu sein, und dies wäre für mich unerträglich. Diese Ansicht mag vielleicht manchem unverständlich sein. So viel soll gesagt sein."

Gaby schweigt.

Heiko gibt ihr einen zärtlichen Kuss, lächelt und sagt: „Bei der Verabredung für Samstag bleibt es?"

„Ja, es bleibt dabei."

Heiko geht, dreht sich noch einmal um und winkt Gaby zu.

Gaby deutet einen Kuss mit der Hand an.

Heiko hat zwei Kilometer bis zur Bahnstation vor sich. Er ist allein und hat Zeit, das gerade Erlebte gedanklich Revue passieren zu lassen.

Heiko hat genau das Gegenteil von dem angetroffen, was er glaubte, erwarten zu müssen. Gaby hat von ihrer Familie so gut wie nichts erzählt, daher konnte er nur Vermutungen darüber anstellen. Er wollte nicht danach fragen. Der Zeitpunkt schien ihm noch nicht gekommen.

Der Vater legte eine gewisse Schlichtheit im Gespräch an den Tag und übte Zurückhaltung darin, ein Thema zum Gesprächsstoff zu machen. Offenbar wollte er sich davor hüten, sich durch unpassende Redewendungen zu blamieren oder Anlass zu geben, seine Intelligenz in Frage zu stellen. Die Mutter scheint die Perle in der Familie zu sein. Sie haben Heiko wohltuend liebenswürdig aufgenommen.

Dass Gaby nicht aus einem herrschaftlichen Hause stammt, ist Heiko sehr willkommen. Das mag eine Voraussetzung für eine eventuell dauerhafte Verbindung mit Gaby sein.

Heiko steht vor einem Problem, das er unbedingt lösen muss. Zwei Lehrberufe hat er mit guten Ergebnissen abgeschlossen. Gegenwärtig arbeitet er als Commis de rang im besten Hotel der Welt. Dennoch fühlt er sich in der Gastronomie völlig fehl am Platze.

Er hat im Jahre 1944 den Beruf unter dem Zwang der Zeit gewählt. 1943 ist er mit seinen Eltern und seiner Schwester nach der Ausbombung evakuiert worden. 1944 musste man eine Unterkunft nachweisen, wenn man in Hamburg arbeiten und wohnen wollte. So entschloss er sich, in der Gastronomie eine Lehre als Kellner aufzunehmen, weil er im Hotel wohnen und lernen konnte und verpflegt wurde.

Schon nach kurzer Zeit merkte Heiko, dass ihm der Kellnerberuf nicht lag. Er fühlte sich unterfordert. Aber im fünften Kriegsjahr galt es vor allem, den Krieg lebend zu überstehen.

Der Gedanke, nach dem Krieg wie sein Vater als Steward auf einem so genannten Musikdampfer um die Welt zu reisen, versöhnte ihn zunächst mit der Kellnerlehre. Außerdem, wenn er den Erzählungen der älteren Kollegen Glauben schenken durfte, verdienten die Stewards außergewöhnlich gut.

Heiko erinnert sich an einen Spruch, den sein Vater oft benutzte: Geld regiert die Welt.

Er beobachtet jeden Tag, wie wahr dieser Spruch ist. Was sich die Gäste in dem First-Class-Hotel leisten können, wird für einen Arbeiter unerschwinglich bleiben.

Als Steward anzuheuern, war Heiko nicht möglich. Auf den wenigen Passagierschiffen wurden nach dem Krieg ausschließlich erfahrene Seeleute angenommen.

Heiko erreicht die kleine dörfliche Bahnstation. Lange braucht er auf den Triebwagen nicht zu warten. Er steigt ein. Viele Fahrgäste befinden sich nicht im Zug. Heiko setzt sich auf eine der Holzsitzbänke.

Der Dieselmotor heult auf, der Triebwagen setzt sich langsam in Bewegung und schaukelt und holpert Billbrook entgegen.

Dort verlässt Heiko den Wagen. Den Rest des Weges zu seiner Bleibe hat Heiko recht bald geschafft.

Bevor er schlafen geht, fragt er sich, ob er es überhaupt verantworten kann, Gaby an sich zu binden. Heiko hat noch keine beruflichen Zukunftsaussichten und hat für seinen Beruf keine Motivation erkennen können. Es fehlt ihm viel, um sich selbst glücklich zu schätzen.

Sich selbst aber glücklich zu schätzen, ist eine wichtige Voraussetzung, um andere Menschen an seinem Glück partizipieren zu lassen.

Das Bedürfnis und die Vergewaltigung

Heiko ist sehr gespannt, ob Gaby sich mit dem, was sie in seiner Familie antrifft, einverstanden erklären kann. Sie ist ein attraktives junges Mädchen. Sie bräuchte sich nur in der Männerwelt umzusehen und mit ihrer Geschicklichkeit, ihrem Charme und ihren Reizen kann es ihr nicht schwer fallen, einen Mann ihrer Wahl zu finden.

Heiko selbst schätzt sich nicht als Gewinn für ein hübsches Mädchen ein, das alle Möglichkeiten besitzt, einen Partner oder Liebhaber, der keine Probleme hat, zu finden.

Gaby und Heiko treffen sich so oft, wie es der Beruf und die Zeit zulassen. Sie gehen gemeinsam zum Tanzen, besuchen Theater und lassen die Museen nicht aus.

Es ist an der Zeit, dass Heiko Gaby mit seinen Eltern bekannt macht. Er hofft, dass sich seine Familie freundlich zeigt und Gaby nicht enttäuscht. Bisher hat er es vermieden, ein Mädchen in seine Familie einzuführen. Er hat schon sehr nette Bekanntschaften gemacht, aber es nie riskiert, sie mit nach Hause zu bringen.

Seine Eltern haben keine Gelegenheit, im Umgang mit Gästen Erfahrungen zu sammeln, weil sie zurückgezogen leben. Außerdem ist ihr Haushaltsgeld zu knapp bemessen, als dass sie davon noch Gäste bewirten könnten.

Seine Schwester ist das Enfant terrible. Sie hat einen krankhaften Trieb, egal, wo sie erscheint, immer im Mittelpunkt sein zu wollen. Um ihr Ziel zu erreichen, wendet sie alle Tricks und Mittel an, die ihr zur Verfügung stehen. Sie hat von Jugend an ein sicheres Gefühl, wo Barmherzigkeit, Mitleid, Lügen, üble Nachrede, Weinen oder Lachen Wirkung zeigen, um ihren Willen durchzusetzen. Wenn eine besser aussehende oder blitzgescheite Frau in ihrer Nähe ist, zieht sie alle Register an Hinterhältigkeiten, um eine Nebenbuhlerin auszuschalten oder in die Flucht zu treiben. Besonders abschreckend verhält sie sich, wenn ein Mädchen oder eine Frau nicht nur besser aussieht als sie, sondern außerdem von Männern angehimmelt wird. Dann ist sie nicht mehr zu halten. Ohnmachtsanfälle und vorgetäuschte Selbstmordversuche zählen zu ihrem Programm.

Wenn Heikos Schwester gefragt wird, was sie angerichtet hat, mimt sie das Unschuldslamm. „Ich habe doch gar nichts getan!" Sie hat keinerlei Vorzüge, die es berechtigt erscheinen lassen, einen Platz in der Mitte einer Gesellschaft zu beanspruchen.

Heiko wünscht sich, dass seine Familie sich trotz fehlenden Reichtums im Umgang mit anderen Menschen in Sprache und Benehmen positiv auszeichnet. Es gehört keineswegs viel Geld dazu, ein guter Gastgeber zu sein. Die Freundlichkeit, die man Menschen entgegenbringt, ist entscheidend, ob man auf die Dauer zu den gern gesehenen Menschen zählt.

Leider machte Heiko oft die Erfahrung, dass eine anfangs viel versprechende Begegnung sehr schnell wieder zur Vergangenheit zählte, weil seine Eltern Freundschaften nicht zu pflegen verstanden und oft an den Verpflichtungen, die eine Freundschaft mit sich bringt, ihre Lust und ihr Interesse verloren. Heiko bedauerte dies sehr, aber er wusste, dass er es nicht ändern kann. Er hat seine eigenen Vorstellungen von zwischenmenschlichen Beziehungen.

Heiko kennt Gaby schon längere Zeit und es ist Usus geworden, dass sie immer ihren letzten Zug nehmen muss, um heimzukommen. Heiko kann es auf die Dauer nicht verantworten, dass Gaby zu später Stunde allein und schutzlos in der Dunkelheit den zwei Kilometer langen Weg von der Bahnstation bis zu ihrem Hause zurücklegen muss. Dieses Problem gäbe es nicht, wenn Gaby in Hamburg wohnen würde.

Heiko erklärt seinen Eltern, dass Gaby nach seinem Treffen mit ihr nicht immer nach Hause fahren kann. Sie müsse auch einmal bei ihnen nächtigen. Erstaunlicherweise nehmen seine Eltern die Ankündigung ohne Widerspruch hin.

Das Zimmer, das Heiko bewohnt, ist zwar geräumig, aber nur sehr dürftig ausgestattet. Ein Bett, ein Tisch und ein Stuhl sind die Einrichtung. Es gibt nur zwei Möglichkeiten, mit Gaby eine Nacht in seinem Zimmer zu verbringen. Entweder müsste Gaby mit Heiko gemeinsam im Bett schlafen oder Heiko schläft auf dem Fußboden. Aber damit wäre das Problem noch nicht gelöst. Es fehlt das Bettzeug für die zweite Person. Natürlich kann Heiko sich auf dem Fußboden mit einem Mantel zudecken.

Heiko ist unsicher, ob er es Gaby zumuten kann, unter diesen Voraussetzungen eine Nacht bei ihm zu Hause zu verbringen. Noch hat er kein Schäferstündchen mit ihr verbracht. Vielleicht ist es an der Zeit, mit ihr intim zu werden? Aber wegen der kärglichen Wohnverhältnisse ist alles so schwierig. Es ist wirklich ein Kreuz, mittellos zu sein! Geld regiert die Welt. Dieser Spruch erinnert einen immer wieder an die eigenen eingeschränkten Möglichkeiten, ohne Finanzmittel etwas zu gestalten. Wenn allerdings die Menschen in ärmlichen Verhältnissen ihre Gäste mit natürlicher Freundlichkeit und Herzenswärme empfingen, gäbe es keinen Grund, die Nase zu rümpfen und abfällige Bemerkungen zu machen, sondern sich diesen Gegebenheiten als würdig zu zeigen.

Wie einfach wäre alles, wenn Heiko eine eigene Wohnung hätte. Er hat aber keine eigene Bleibe und eine schwer zu berechnende Familie obendrein.

Wie wird seine Familie Gaby gegenübertreten? Heiko will Gaby unbedingt vor Enttäuschungen bewahren. Aber es kann nicht so weitergehen, dass Heiko und Gaby bis in die Nacht hinein tanzen und anschließend ein Frühlokal aufsuchen müssen, um sich die Zeit bis zur ersten Verkehrsverbindung zu vertreiben.

Also bereitet Heiko seine Eltern auf Gabys ersten Besuch vor. Es hat den Anschein, als wenn es eine problemlose Begegnung werden wird. Schließlich hat Heikos Stellung in der Familie durchaus Gewicht. Sie ist geprägt von den vielen Entscheidungen, die er mitgetroffen hat und noch mittreffen muss.

Heikos Vater und er waren während der Hungerjahre von 1945 bis 1948 ein eingespieltes Team. Heiko besorgte vom Hamburger Fischmarkt in nächtlichen Gängen wöchentlich bis zu einem Zentner Fisch. Der Vater trug dann den frischen Fisch in Marmeladeneimern in die Dörfer zu den Bauern und tauschte Fisch gegen Grundnahrungsmittel ein.

Aber Heiko ist eine typische Verhaltensweise seiner Familie nicht verborgen geblieben. Im entscheidenden Augenblick, wenn Wohlverhalten gefragt ist, bestimmen Egoismus und Wahrung eigener Interessen das Handeln und machen menschliche Beziehungen auf Kosten derjenigen kaputt, denen man zu Dank verpflichtet ist. Schon die Variationen des Gesichtsausdrucks sagen viel aus und Gesten drücken manches Mal mehr aus als Worte.

Hier hegt Heiko seine größten Befürchtungen. Seine Schwester hat schon viele Bekannte und Freunde vergrault. Besonders heimtückisch ist ihr Verhalten, wenn sie glaubt, sie findet keine Beachtung. Sie schreckt nicht vor böswilligen Unterstellungen zurück. Dann wieder versucht sie, mit Schmeichelei Menschen für sich zu gewinnen, die in der Folge ihre Liebenswürdigkeit bezeugen sollen. Selbst den eigenen Eltern gegenüber hat sie keine Hemmungen, ihr Unwesen zu treiben.

Doch Heiko hat keine Alternative. Er muss Gaby in seine Familie einführen oder sich von ihr trennen.

So hat er seine Eltern auf den Besuch vorbereitet. Er ist sehr gespannt, wie sie Gaby aufnehmen werden. Gaby wird von ihrer Mutter sehr verwöhnt, also besteht die Gefahr, dass sie sich durch fehlende Herzlichkeit in Heikos Familie einfach nicht akzeptiert fühlt und einen Schlussstrich unter die Verbindung mit Heiko zieht.

Aber er muss das Risiko eingehen. Wenn sich seine Eltern, seine Schwester und sein Schwager – der ist eh kein Problem – Gaby gegenüber freundlich verhalten, gibt es keine weiteren Hindernisse zu überwinden.

Besuch von unverheirateten Frauen und Männern musste selbst noch im Jahre 1948 um 22 Uhr das Haus verlassen. Das Gesetz schrieb es vor. Damit sollte der Prostitution Einhalt geboten werden. Hausbesitzer, die sich nicht an das Gesetz hielten, konnten wegen Kuppelei angeklagt und verurteilt werden. Zuhälterei wurde gnadenlos mit Gefängnis bestraft.

Zuhälter aber gingen straffrei aus, wenn sie nachweisen konnten, dass sie einer regelmäßigen Arbeit nachgingen. Eltern und Hausbesitzer dagegen konnten sich der Kuppelei schuldig machen.

Allerdings ist Heiko noch nicht zu Ohren gekommen, dass tatsächlich jemand verurteilt wurde, weil er gestattete, dass eine unverheiratete Frau mit einem Mann gemeinsam eine Nacht in einem Zimmer verbrachte.

Heiko hat Gaby bei seiner Familie angemeldet. Bei Kaffee und Kuchen möchte er sie vorstellen. Er hofft, dass der erste Besuch mit Gaby gut verläuft. Es plagt ihn jedoch sehr, dass er eigentlich zu früh auf dem Weg ist, ein eheähnliches Verhältnis einzugehen. Schließlich hat er noch keinen festen Platz im Beruf gefunden. Bei Gaby scheiterte Heiko jedoch mit dem guten Vorsatz, ein freier Mann zu bleiben. Langsam, aber stetig fühlt er sich immer stärker an sie gebunden.

Manchmal hofft er, dass irgendein Ereignis eintritt, das die Trennung von Gaby herbeiführt. Er hasst es, in bestimmten Situationen nicht konsequent zu sein.

Heiko steht am U-Bahnhof und wartet auf Gaby. Jeden

Augenblick muss sie eintreffen. Dann wird er sie in die Arme schließen und küssen.

Die Bremsen der U-Bahn quietschen und der Zug kommt zum Stehen. Die Türen werden geöffnet und Fahrgäste verlassen die Waggons.

Gaby ist unter den Fahrgästen. Sie hält einen Blumenstrauß in ihrer Hand.

Heiko winkt ihr zu. Sie lächelt. Sie umarmen sich und Heiko gibt ihr einen Kuss auf den Mund.

Er fragt sie, ob sie den Weg leicht gefunden hat. Sie bestätigt, sie habe keine Probleme gehabt. Dann hakt sie sich bei Heiko ein. Der lächelt und denkt, sie machen in diesem Augenblick für Beobachter den Eindruck eines alten Ehepaares. Ihm wäre es lieber, wenn er nicht mit Gaby eingehakt ginge. Andererseits will er ihr zeigen, dass er sich mit ihr verbunden fühlt.

Sie biegen in die Villenstraße ein, in der Heikos Familie 1944 ihre Unterkunft erhalten hat. Auf dem Weg erklärt Heiko Gaby, wer in diesen Herrschaftshäusern lebt. Er ist nervös und will mit dem vielen Reden seine Nervosität verbergen. Nur noch wenige Schritte, dann findet die Begegnung statt: Gaby, die Eltern, die Schwester, der Schwager. Gaby wird dann ihrer Schwägerin in spe Auge in Auge gegenüberstehen.

Vor der Villa, in der Heiko zu Hause ist, bleiben sie stehen. „So, Gaby, hinein ins Vergnügen!", versucht Heiko zu scherzen.

Sie gehen die Treppe hinauf zur Haustür. Heiko steckt den Schlüssel ins Schloss, dreht ihn um und öffnet die Tür. Sie erklimmen die Stiege zum zweiten Stock. Nun wird Heiko erfahren, wie sich seine Familie Gaby gegenüber verhalten wird.

Wie wird sich seine Schwester Gaby gegenüber aufführen, denkt Heiko. Nun, seine Verwandten kann man sich nicht aussuchen, wohl aber seine Freunde, schießt es ihm durch den Kopf. Da ist was Wahres dran.

Heiko und Gaby sind auf dem Korridor und stehen vor der Wohnzimmertür.

Das Zweifamilienhaus ist im Kriege mit fünf Familien belegt worden. Jede Familie erhielt ein oder zwei Zimmer, die ihre Zugänge von Korridoren hatten.

Heiko stellt gleich das erste Mal ein Mädel seiner Familie vor. Wie wird Gaby aufgenommen und wie beurteilt sie seine Familie, fragt sich Heiko?

Heiko klopft an die Tür und dann öffnete er sie.

Heiko's Eltern begrüßen Gaby freundlich. Seine Schwester lächelt und zeigt sich von der besten Seite. Heiko's Schwager und sein Vater sind berechenbar und sind immer gleichbleibend freundlich. Bei seiner Schwester ist es anders, sie hat Launen und wenn sie meint, sie wird nicht wahrgenommen, dann ist sie unberechenbar.

Bei Kaffee und Kuchen herrscht eine angenehme Atmosphäre.

Nach der Kaffeetafel brechen Heiko und Gaby auf.

Der erste Besuch mit Gaby bei Heiko's Familie ist für Heiko mit voller Zufriedenheit für ihn verlaufen.

Er muss nicht mehr bis zur ersten Verkehrsverbindung in einem Frühlokal verweilen. Überhaupt hat er sich gewundert, dass Gaby diese Ochsentour bisher mitgemacht hat, die Nacht mit ihm zu tanzen und anschließend die Zeit bis zur ersten Verkehrsverbindung totzuschlagen. Nun kann Gaby bei Heiko nächtigen, wenn der letzte Zug zu ihren Eltern weg ist.

Zum Glück sind die finanziellen Verhältnisse in beiden Familien ähnlich. So können keine Erwartungen aufkommen, die gegenwärtigen Umstände zu verändern. Schließlich gibt es keine Standesunterschiede zwischen beiden Familien.

Einen Unterschied gibt es aber doch: Gabys Familie macht auf Heiko den Eindruck, als wäre das Miteinander herzlicher. Und ein Enfant terrible gibt es offenbar auch nicht.

Einige Wochen vergehen. Es ist an der Zeit, dass Gaby und Heiko die erste gemeinsame Nacht verbringen.

Gaby ist ein intelligentes Mädchen, sagt sich Heiko. Sie muss damit rechnen, dass er erwartet, mit ihr intim zu werden. Außerdem ist sie immerhin zwanzig Jahre alt. Seiner Erfahrung nach gibt es nicht mehr viele Mädchen in diesem Alter, die noch Jungfrauen sind.

Warum sollte Gaby noch jungfräulich sein? Viele Mädchen sind schon mit 16, 17 Jahren nicht nur neugierig auf Sex, sondern auch stark interessiert, endlich von einem Mann verführt zu werden. Nicht wenige Mädchen bekommen Minderwertigkeitskomplexe, wenn sie noch nicht zur Frau gemacht worden sind.

Wie aber verhält es sich bei Gaby? Sie hat eine tolle, herausfordernde Figur und sie weckt bei Männern den Wunsch, mit ihr irren Sex zu treiben.

Heiko ist unsicher. Soll er den Draufgänger spielen? Oder soll er mit Zartgefühl an die Sache herangehen? Wenn er sie in der ersten Nacht unberührt lässt, wird er vielleicht als Versager eingeschätzt?

Es soll ein besonderer Genuss sein, der Angebeteten beim Entkleiden elegant zu helfen und allein beim Entblättern durch den Anblick eines makellosen Mädchenkörpers in Hochstimmung zu kommen.

Doch dieser Genuss ist Heiko nicht vergönnt. Die Beleuchtung ist ausgeschaltet. Nur der Schein des Mondes spendet spärliches Licht.

Heiko spürt, er muss handeln, sonst denkt Gaby womöglich doch noch, er sei ein Volltrottel.

Er denkt an die drei Vollblutfrauen. Jede von ihnen hatte versucht, ihn zu verführen. Aber er ließ es nicht zu, weil er im Krieg moralische Bedenken hatte. Die Männer waren als Soldaten an der Front und konnten jeden Augenblick tödlich getroffen werden. Er brachte es damals nicht übers Herz, sich von diesen Frauen verführen zu lassen. Doch jede Einzelne weckte in dem unerfahrenen Heiko den unwiderstehlichen Wunsch, von ihnen sexuell verschlungen zu werden. Eine ging ziemlich scharf zur Sache und massierte Heikos Seele intensiv mit den wildesten Versprechungen, ihm alles, aber auch wirklich alles beizubringen, was Frauen von Männern wünschen und erwarten.

Viele Male hat er seine damaligen moralischen Grundsätze bereut, insbesondere in diesem Augenblick, da er sich bei Gaby in Szene setzen möchte. Nach der ersten Liebesnacht soll sie sagen: Heiko ist der perfekte Liebhaber, mit dem möchte ich es Tag und Nacht treiben.

Aber wie soll er es anfangen ohne ausreichende Erfahrung?

Vor seinem geistigen Auge sieht Heiko die drei Frauen, die wie für die Liebe geschaffen waren. Aber jetzt, da er glaubt ‚beweisen zu müssen, wie ein richtiger Draufgänger und Casanova zur Sache geht, fehlen ihm die Praxis und die Technik. Diese Frauen hätten ihm gewiss die hohe Schule der vollendeten sexuellen Künste beigebracht und ihm und sich selbst den höchsten Genuss hemmungsloser Liebe verschafft. Sie waren offen und ehrlich mit ihrer Begierde umgegangen. Nicht wenige Männer und Frauen, so sagten sie ihm, seien verklemmt.

Es war Krieg und nicht wenige junge Frauen sehnten sich nach körperlicher Liebe. Sie standen in der Blüte ihres Lebens und hungerten nach Sex. Die 15-, 16- und 17-jährigen Jungen hatten reichlich Gelegenheit, ihnen als Liebhaber diesen süßen Dienst zu erweisen. Für eine solche junge Frau war es in der entbehrungsreichen Kriegszeit ein unglaubliches Glück, einen jungen Burschen im Bett zu haben. Diese Frauen machten ihnen Geschenke und gaben sich die größte Mühe, die häusliche Atmosphäre anheimelnd zu gestalten, um ihre jungen Liebhaber an sich zu binden. Schließlich konnten die Bombenangriffe jeden Augenblick auch ihre Leben auslöschen und da war es in den Augen dieser Frauen berechtigt, die Stunde des Glücks zu nutzen.

Heiko wäre auch gern mit von der Partie gewesen. Er dachte jedoch an die Soldaten. Er konnte einfach nicht mit ihren Frauen schlafen. Das wäre ihm geschmacklos vorgekommen.

Seine Lehrkollegen, mit denen er darüber sprach, erklärten, Heiko sei zu blöd, die Gunst der Stunde zu nutzen.

Heute denkt er anders darüber. Es wird nicht mehr hinauszuschieben sein und dann erfährt Gaby, ob Heiko ein richtiger Mann ist. Und wie gut wäre es, die Kunst der Liebe zu beherrschen!

Gaby hat sich entkleidet und liegt im Bett. Sie hat nur noch ein Höschen an. Heiko ist nervös. Jetzt kann es kein Zurück mehr geben. Wochen sind vergangen und er hat sie nicht angerührt. Er hat es auch nicht forciert. Gern hätte er in diesem Augenblick gewusst, was Gaby denkt und von ihm erwartet. Eine junge Frau im Alter von zwanzig Jahren hat in den meisten Fällen ihre sexuellen Erfahrungen gesammelt. Vielleicht wird Heiko Gaby enttäuschen? Er hätte von reifen Frauen lernen können, aber er hatte sich diesen Erfahrungen verweigert.

Zu diesen Frauen gehörte seine Schwägerin in spe Hella.

Heiko lag neben Hella im Ehebett. Hella versuchte es mit gutem Zureden, um ihn endlich so weit zu bringen, dass er Mut fasste, sie überall mit seinen Händen an ihren erogenen Zonen zu berühren. Hellas Stimme klang erotisch, sie lachte lustvoll und ihre rhetorische Begabung, die sie für die Stunde der Lust einsetzte, machte sie einerseits begehrenswert und andererseits so gefährlich.

Lächelnd erklärte Hella Heiko, er habe großes Glück, eine

perfekte Liebesdienerin neben sich im Bett zu haben, die keine Kinder bekommen könne und bereit sei, ihm alle Künste in der Liebe beizubringen. Er brauche keine Hemmungen zu haben. Ein Kind könne er ihr nicht machen. Sie würde ihn über alle Tiefen und Höhen des Sex führen. Die Kunst der Erotik sei ein wertvoller Schatz für das ganze Leben. Für einen Mann, der den Wunsch habe, eine Frau glücklich zu machen, sei es wichtig, zu wissen, wie er vorzugehen habe.

Hella machte eine Pause, dann sprach sie weiter: „Wie man eine Frau als Mann stimulieren kann, ist ein Problem für sich. Wenn aber ein Mann eine Frau heiß machen kann, dann braucht er sich keine Gedanken über die Treue seiner Frau zu machen. Sie wird sich an ihn hängen und zu jedem Opfer bereit sein. Frauen empfinden die sexuelle Liebe viel intensiver als Männer. Ein gekonntes Liebesspiel zwischen den Partnern ist eine Voraussetzung für eine dauerhafte Bindung, die für ein ganzes Leben halten kann.

Es macht mir viel Freude, dich in die Geheimnisse der Liebe einzuweihen. Männer, die sich bei einer Frau als echte Liebhaber erweisen, werden nicht nur Dankbarkeit im Übermaß erfahren, sondern auch Hingabe und Treue.

Eine Frau im Höhepunkt des Geschlechtsverkehrs zu erleben, ist für einen Mann immer wieder ein sehr schönes Erlebnis. Aber du musst wissen, wenn dir die Geheimnisse der sexuellen Wünsche der Frauen fremd sind, wirst du kaum sexuellen Genuss kennen lernen. Sexueller Genuss ist nur vollkommen, wenn Frau und Mann gleichzeitig den Höhepunkt erleben. Vor allen Dingen sollte die Frau dem Mann offen sagen, wie er sie zum Höhepunkt führen kann. Es darf keine Hemmungen zwischen den Liebenden geben. Die nötigen Praktiken kann ein junger Mann nur bei reifen Frauen erfahren."

Es war alles gesagt. Nun erwartete Hella, dass Heiko seine Hemmungen ablegte und zu ihr unter die Decke kroch. Doch es wollte nicht klappen. Deshalb fuhr Hella fort: „Keine Frau wird lange dieses Spiel mitmachen. Sie wird sich nach einem anderen Partner umsehen. Was glaubst du, wie viele verheiratete Frauen fremdgehen, weil ihre Ehemänner ihre Hoffnungen auf sexuellem Gebiet nicht erfüllen? Als sexuell unerfahrener Mann wirst du eine Frau, die auf dem Gebiet nicht mehr unbedarft ist, nicht an dich binden können. Sexuell aktive Frauen sind bei erfahrenen Männern verständlicherweise sehr begehrt, weil sie auf allen anderen Gebieten auch zu leben verstehen. Sie zeichnen sich durch Intelligenz und Tatkraft aus und sind sexuell anspruchsvoll. Welcher Mann wünscht sich eine Frau, die langweilig ist, nichts herzeigt und im Bett den Mann nicht befriedigt? Wer die Liebe nicht zu leben versteht, ist ein bedauernswerter Zeitgenosse."

Hella gab es irgendwann auf, Heiko in ihren Bann zu ziehen. Er befand sich irgendwo zwischen Wollen und Nichtwollen. Eigentlich hatte Heiko die körperlichen Voraussetzungen, eine Frau in den „siebenten Himmel" zu versetzen. Doch seine moralischen Bedenken hielten ihn zurück, sich von seiner Schwägerin in der Liebe unterweisen zu lassen.

Stattdessen wickelte er sich in seine Bettdecke und sagte Hella gute Nacht.

Hella drehte sich um und schlief ein.

Heiko hörte die Kirchenturmuhr. Die Nacht würde bald dem Morgen weichen. Heiko überlegte, ob er sich nicht einfach ankleiden und das Weite suchen sollte. Falls Hella weitere Versuche unternimmt, ihn doch zum Sex zu gewinnen, wusste er nicht, ob er sich ihr hingeben würde.

Aber in dieser Nacht passierte nichts mehr. Am Morgen war Heiko todmüde. Er hatte keine Minute geschlafen. Doch wenn er in der Nacht, wie er es eigentlich vorgehabt hatte, nach Hause gekommen wäre, wären ihm peinliche Fragen gestellt worden. Das hatte er doch vermeiden wollen.

Hella hatte ihn gebeten, bei ihr zu schlafen, weil sie morgens nicht rechtzeitig wach werden würde, um an einem geplanten Familienausflug teilnehmen zu können.

Später erfuhr Heiko, dass sie keine Hemmungen kannte, wenn sie einen jungen Burschen ins Bett zog. Sie würde es dann bis zur völligen Erschöpfung mit ihm treiben. Sie brauche mehrere Höhepunkte, wurde erzählt. Natürlich war das lockere Leben Hellas im ganzen Ort bekannt.

Bewundernswert war es, wie Hella alle Anfeindungen, speziell der reiferen Frauen des Ortes, mit Würde und Grazie ignorierte. Sie konnte verstehen, dass diese sexuell unbefriedigten Frauen durch ihren Anblick daran erinnert wurden, was ihnen im Leben entging.

Heiko mochte Hella. Sie war ein südländischer Typ. Ihre schwarzen Haare hatte sie glatt zurückgekämmt, war immer adrett und modern gekleidet und hatte eine makellose Figur. Außerdem war sie stets hilfsbereit, ein richtiger Kumpeltyp.

Heiko bewunderte Hella. Sie ging durch den Ort mit Stolz und Würde, obwohl viele Einheimische ihr aus dem Weg gingen, und selbst in der Familie wurde sie nicht gerade liebevoll behandelt. Deshalb tat Hella Heiko leid.

Besonders wenn Nachbarn in der Nähe waren, sprach er bewusst freundlich und in herzlichem Ton mit ihr.

Natürlich dauerte es nicht lange, da tuschelten die Leute, wenn sie Heiko sahen: „Den hat sie wohl auch im Bett gehabt." Die schlimmsten Gerüchte rankten sich um ihren Lebenswandel. Immer wenn einer etwas über Hella zu erzählen wusste, dichtete er etwas dazu, um sich selbst interessanter zu machen. Die Männer schmunzelten über die Affären, die Hella nachgesagt wurden.

Heiko liegt neben Gaby im Bett und spürt ihren warmen Körper. Er empfindet es in diesem Augenblick als Fehler, dass er sich nicht in die Geheimnisse der Liebe hat einweihen lassen. Unterweisungen in der Liebe wären Heiko jetzt sehr nützlich. Er möchte sich bei Gaby nicht blamieren und wünscht, dass sie ihn nach der ersten Nacht als Liebhaber zu schätzen weiß.

Er ist entschlossen, mit Zärtlichkeit und Einfühlungsvermögen den Höhepunkt so weit wie möglich hinauszuschieben. Nur wie? Und obwohl es eigentlich unsinnig erscheint, quält ihn weiterhin eine Vorstellung: Wenn er sie fragt, ob sie schon mal mit einem Mann geschlafen habe, könnte er ihr naiv und weltfremd vorkommen. Jedenfalls nimmt er an, dass er nicht ihr erster Mann im Bett ist.

Gaby liegt nackt neben ihm. Vorsichtig berührt er sie. Sie bleibt bewegungslos und reagiert nicht. Ob sie es vielleicht bereut, neben ihm zu liegen, weil sie sich zu einem anderen Mann hingezogen fühlt? Oder sollte sie vielleicht doch unberührt sein? Das erscheint ihm unwahrscheinlich.

Heiko fasst sich ein Herz und fragt sie nun doch, ob sie noch Jungfrau sei.

Gaby sagt, sie hätte noch nie mit einem Mann geschlafen.

Heiko hält einen Augenblick inne. Er kann es nicht fassen. Gaby ist noch unberührt. Also ist es wirklich auch ihr erstes Mal. Doch heiße Küsse bleiben aus, und Heiko verliert langsam die Lust. Er glaubt immer noch nicht recht, dass er der erste Mann sein soll, dem sie sich hingibt. Doch wenn es so ist, ist ihre Zurückhaltung verständlich. Die Defloration soll ja schmerzhaft sein.

Heiko geht sehr rücksichtsvoll zur Sache und bemüht sich, so liebevoll zu sein wie möglich. Gerade als er glaubt, es geschafft zu haben, ist er überrascht und sprachlos: Gaby ist keine Jungfrau mehr, aber Heiko hat sie nicht entjungfert.

Heiko schweigt. Soll er ihre Antwort auf seine Frage als Scherz auffassen? Oder hat sie ihr Jungfernhäutchen selbst durchtrennt? Sollte Gaby aber tatsächlich ein intimes Verhältnis vor Heiko gehabt haben, ist es eine grenzenlose Dummheit von ihr, zu sagen, sie hätte noch nie mit einem Mann geschlafen. Welcher Mann weiß nicht, dass bei einer Entjungferung Blut fließt?

Der erste Sex mit Gaby ist alles andere als die reine Freude. Sie ist reichlich teilnahmslos, als ob sie ihm den Gefallen tun müsste, sich abreagieren zu lassen. Er kommt sich vor, als bediene er einen Automaten. Nun bedauert er schon, dass er glaubte, er müsse seine Liebe zu Gaby mit der körperlichen zusätzlich beweisen. Er nimmt an, dass Gaby ihre Erfahrungen gesammelt hat und Heiko vielleicht für sie zu unerfahren ist. Jedenfalls hat sie keinen Orgasmus gehabt.

Ihr Verhalten ist ihm unverständlich und rätselhaft. Hätte sie ihm gesagt, dass sie ihren ersten Verkehr vor Jahren oder Monaten gehabt hatte, hätte Heiko sich damit zufrieden gegeben und das Thema als erledigt betrachtet.

Heiko erinnert sich, dass er auch schon blutjunge Mädchen kennen gelernt hat, die es nicht abwarten konnten, ihre Jungfräulichkeit zu verlieren. Da fällt ihm etwas ein, was er einmal gehört hat. Es hatte ihn beeindruckt: Der Mann, der ein Mädchen zur Frau mache, werde von der Frau nie vergessen, und sie würde diesen Mann lieben bis ans Ende ihres Lebens.

Dieses Phänomen wird sich von Fall zu Fall unterscheiden, sagt er sich nun.

Jedenfalls hatte Gaby schon einmal Sex in ihrem Leben. Alles andere ist unwahrscheinlich. Aber wenn sie schon nicht mehr unberührt ist, fragt sich Heiko, warum hat sie dann fast angewidert und teilnahmslos das erste Mal mit Heiko über sich ergehen lassen? Konnte er ihre Ansprüche nicht befriedigen? Konnten andere Männer vor ihm es besser?

Er fragt sie, ob die Männer vor ihm sie glücklich gemacht hätten.

Gaby wäscht sich und für Heiko sieht es so aus, als ob dieses Waschen nach dem Sex für sie Routine ist.

Nun geht Heiko schon viele Monate mit Gaby, doch der Sex ist eine große Enttäuschung. Heiko fragt sich, wenn er bei Gaby gravierende Fehler macht, warum sagt sie es ihm nicht einfach? Es ist zweifellos eine Belastung, wenn nur ein Partner einen Höhepunkt hat. Heiko fühlt sich als Egoist, wenn er immer wieder die Erfahrung macht, dass Gaby keinen Spaß am Sex hat. Er hofft, dass sich das mit der Zeit ändern wird, aber eine Enttäuschung reiht sich an die andere. Gaby wirkt leblos wie eine Puppe.

Immer wieder denkt Heiko an ihre Worte, sie habe vor Heiko nie mit einem anderen Mann geschlafen. Aber wann und durch wen hat sie ihre Jungfernschaft verloren? Oder wollte sie Heiko mit einer Lüge glauben machen, er habe das große Glück, der erste Mann in ihrem Leben zu sein? Aber dann wäre sie doch nicht dauernd so teilnahmslos. Sie müsste Leben zeigen.

Manchmal kleidet sich Gaby aufreizend. Manche Männer fragen sich, wenn sie eine sexy gekleidete Frau sehen, ob dies als indirekte Aufforderung zu verstehen sei, diese Frau wünsche ein sexuelles Abenteuer.

Einmal trug Gaby bei einem Treffen mit Heiko einen Pullover, durch dessen grobe Maschen man auf ihre Haut blicken konnte. Deutlich drückten sich die Brustwarzen durch den Stoff. Ein anderes Mal wusch sie sich vor ihrem Bruder in Heikos Beisein, nackt und ungeniert. Sie fuhr sich über ihre Brüste, als sei dies die selbstverständlichste Sache der Welt. Gewiss, die Enge des Hauses von Gabys Familie ließ es nicht zu, sich in einem anderen Raum zu waschen.

Das Bedürfnis und die Vergewaltigung

Ende Juni 1949 wird Gaby entlassen und ist arbeitslos. Viele teilen ihr Schicksal.

Heiko und Gaby kennen sich nun schon zehn Monate. Er wird immer noch von der Frage gepeinigt, wie es möglich sein kann, dass Gaby ihm sagte, sie hätte vor Heiko noch nie mit einem Mann etwas gehabt. Heiko kann es sich immer noch nicht vorstellen. Ihre Figur ist vollkommen. Ihre Stimme ist ungewöhnlich wohlklingend. Sie ist intelligent und muss wissen, dass man nicht erwarten würde, dass sie noch Jungfrau ist.

Es muss ihr doch einleuchten, dass das nicht zusammenpasst: ihre Erscheinung, ihre Aussage, sie hätte noch nie mit einem Mann geschlafen, und doch war sie nicht mehr unberührt.

Natürlich wäre es durchaus möglich, in heißen Träumen durch Masturbation die Jungfernschaft zu verlieren, aber bei ihr ist es gerade das Gegenteil. Im Bett hat sie kein Feuer. Heiko hat die Freude am Sex verloren.

Er will der Sache auf den Grund gehen. Möglicherweise ist etwas in Gabys Leben nicht normal verlaufen.

Er versucht, sie zur Rede zu stellen.

Nach einigem Nachfragen konfrontiert Gaby ihn mit einer Geschichte, die, wenn sie wahr ist, einiges erklärt: Eines Tages habe ihr Abteilungsleiter G.S. ihr nach Feierabend etwas zu trinken angeboten. Danach habe sie sich sehr unwohl gefühlt und G.S. habe sie vergewaltigt.

Heiko ist erschüttert. Wenn das die Wahrheit ist, dann ist es ein Verbrechen, das gesühnt werden muss!

Er will nun alles von Gaby über die Vergewaltigung wissen. Das Verbrechen muss am Freitag, dem 8. Oktober 1948 geschehen sein. Am Samstag wollte Heiko von Gaby wissen, wann und wo sie sich treffen wollten. Deshalb hatte er wie üblich bei Gaby im Werk angerufen, um Zeit und Ort ihres Treffens abzustimmen. Es war der Tag, an dem er nicht Gaby, sondern ihren Vorgesetzten ans Telefon bekommen hatte. Der hatte Heiko angebrüllt: „Sie ist heute nicht zur Arbeit erschienen!" Dann hatte er den Hörer auf die Gabel geknallt. Heiko hatte den Wunsch unterdrückt, auf der Stelle zum Werk zu fahren, um diesem Kerl die Meinung zu sagen. Er wollte nicht, dass Gaby Schwierigkeiten bekam und womöglich den Schikanen des Abteilungsleiters ausgesetzt gewesen wäre.

Wenn G.S. jedenfalls Gaby tatsächlich vergewaltigt hat, muss er seine verdiente Strafe erhalten. Kann Gaby Einzelheiten der Vergewaltigung erzählen? War es wie in vielen Fällen, in denen Alkohol im Spiel ist? Hat G.S. Gaby mit einer Droge willenlos gemacht?

Heiko fällt es wie Schuppen von den Augen. Er erinnert sich noch genau, wie G.S. auf seinen Anruf reagierte. Die Art, wie Heiko am Telefon abgefertigt wurde, spricht dafür, dass Gaby mit ihrem Abteilungsleiter, der sie vergewaltigt hat, nicht sprechen wollte. Sicherlich überlegte sie, wie sie mit dieser Situation würde leben können. Wie sollte sie verkraften, was ihr angetan worden war? Besonders schlimm musste es für sie sein, dass sie sich niemandem anvertrauen konnte. Ihre Eltern und ihren Bruder konnte sie nicht einweihen, weil sie ihnen nicht zutraute, dass sie damit würden umgehen können.

Seit diesem Samstag hatte sich jedenfalls etwas verändert. Davor war jedes Gespräch mit Gaby sehr herzlich und freundlich gewesen, danach aber antwortete sie auf Fragen nur mit Ja und Nein und ihre Stimme klang abweisend. Vorher hatte er mit ihr stets kurze Telefonate geführt, weil es während der Arbeitszeit normalerweise nicht erwünscht ist, privat zu telefonieren. Die Gespräche fanden in der Regel nur ein bis zwei Mal in der Woche statt und wurden bis zu dem bewussten Samstag geduldet. Danach nicht mehr. Dafür gab es nur eine Erklärung: Die Geschäftsleitung oder der Abteilungsleiter G.S. erlaubte es nicht mehr.

Dieser Dreckskerl hat seine gerechte Strafe verdient, denkt Heiko. Zweifellos wird Gaby ihm detailgetreu alles schildern, um G.S. der Justiz zu übergeben.

Doch wieder einmal kommt es anders, als er denkt. Gaby kann sich angeblich an nichts mehr erinnern. Oder will sie sich nur nicht erinnern? Heiko versteht die Welt nicht mehr. Kann es sein, dass eine vergewaltigte Frau die Einzelheiten eines solchen Verbrechens vergisst?

Heiko beschwört Gaby immer wieder, ohne Wenn und Aber das Verbrechen anzuzeigen. Sonst wird G.S. es womöglich bei anderen Mädchen ebenfalls versuchen, wenn er nicht belangt wird.

Viele Fragen stürmen auf Heiko ein. Wo und wie ist es in den Betriebsräumen geschehen? Hat er sie zu Boden gestoßen, ihr die Kleider vom Leib gerissen? Viele scheußliche Details sind denkbar. Was passierte danach? Wie ist Gaby nach Hause gekommen, womöglich mit verschmutzter und zerrissener Kleidung? Was mag in Gaby nach der Vergewaltigung vorgegangen sein?

Dieser Kerl muss ins Gefängnis, er darf nicht ungestraft davonkommen!

Wie ist es möglich, dass Gaby bis zu ihrer Entlassung im Juni noch Monate mit ihrem Vergewaltiger Seite an Seite gearbeitet hat? Sie hätte gleich nach der Tat zur Polizei gehen müssen, um Strafanzeige zu erstatten. Wenn ihr dazu der Mut fehlte, hätte sie die Zusammenarbeit mit diesem Kerl verweigern können und der Geschäftsleitung den Grund mitteilen müssen. G.S. wäre dann wahrscheinlich entlassen worden. So hätte sie wohl zumindest erreicht, dass sie nicht mehr mit ihm hätte zusammenarbeiten müssen.

Doch alles gute Zureden hilft nichts. Gaby bleibt dabei, sie könne sich an nichts erinnern. Sie wisse nur, dass die Vergewaltigung in der Firma stattgefunden habe. Aber der Tag, die

Stunde und in welchem Raum sie vergewaltigt worden ist, all das bleibt im Dunkeln.

An diesem Samstag hatte Heiko das Verlangen gehabt, einfach zu ihr nach Hause zu fahren, um zu erfahren, warum sie am Telefon so abweisend war. Doch er gab seinem Impuls nicht nach. Es schien ihm nicht ratsam, unangemeldet dort zu erscheinen. Heute weiß er, es war ein großer Fehler. Heiko hätte nicht eine Minute gezögert und Anzeige erstattet.

Gaby hat gewiss mit sich gekämpft, ob sie G.S. anzeigen soll. Samstag und Sonntag hat sie dann versucht, Abstand zu gewinnen. Am Montag, dem 11. Oktober 1948 ist sie wieder am Arbeitsplatz erschienen.

Heiko kommt ein weiterer Gedanke. Vielleicht hat G.S. Gaby nach besagtem Tag als seine Geliebte betrachtet? Vielleicht hat er sie gezwungen, ihm weiterhin zu Willen zu sein, um ihren Arbeitsplatz nicht zu verlieren? Das würde Gabys Verhalten nach der Tat erklären. Wenn G.S. im Raum war, war Gaby am Telefon sehr kühl und distanziert.

G.S. ist Familienvater. Heiko kann sich kaum vorstellen, dass ein Vorgesetzter und Vater von zwei Kindern sich zu so einer scheußlichen Tat hinreißen lässt.

Dann fällt Gaby doch noch etwas ein. Ein anderer Abteilungsleiter soll an diesem Tage mit G.S. ein Gläschen getrunken haben und Gaby bekam ebenfalls ein Glas eingeschenkt. Über den Anlass zu diesem Umtrunk weiß Gaby nichts. Nach einer Weile verabschiedete sich der Abteilungsleiter Sch. und verließ das Labor. Gaby blieb mit G.S. allein zurück. Wahrscheinlich hat G.S. sie zurückgehalten, um mit ihr auch noch ein Gläschen zu trinken. Viel Zeit zum Bleiben hatte sie allerdings nicht, weil der Triebwagenverkehr nach Trittau täglich zeitig eingestellt wurde. G.S. wusste also, er musste schnell handeln.

Was sich nun abspielte, bleibt Gabys Geheimnis. Offenbar

hat G.S. K.o.-Tropfen ins Getränk geschüttet. Die machten Gaby wehrlos und G.S. muss über sie hergefallen sein. Danach muss sie noch im halb betäubten Zustand ihre Kleidung gesäubert haben, weil sie ja in die Öffentlichkeit musste, um den Triebwagen zu erreichen. Als Gaby die Pförtnerloge passierte, muss auch der Pförtner an ihrem Verhalten gemerkt haben, das etwas mit ihr nicht stimmte.

Doch Heiko zweifelt. Vielleicht dient ihr die Story mit den K.o.-Tropfen als Entschuldigung, weil G.S.' Annäherungsversuche ihr nicht unlieb waren? War sie vertrauter mit ihm, als sie zugab? Hat sie sich mit G.S. geduzt und sich gar hin und wieder von ihm betatschen lassen, so dass der keine Gewissensbisse haben musste, als er zur Sache ging? Dass er auf sie scharf war, war kein Wunder. Schließlich ist sie sehr attraktiv,und welcher Mann hätte das nicht bemerkt? Wenn andererseits jeder Mann beim Aufkommen sexuellen Verlangens über eine Frau herfiele, wäre das wohl das Ende der Zivilisation.

Gern hätte Heiko beobachtet, wie Gaby G.S. nach dem Verbrechen das erste Mal wieder unter die Augen trat. Der hatte jedenfalls rücksichtslos seinen Trieb befriedigt, ohne sich darum zu scheren, ob und wie Gaby das jemals verkraften würde. In seiner Familie hat er wahrscheinlich weiterhin den treu sorgenden Ehemann und Vater gespielt.

Heiko versucht, sich vorzustellen, was in Gaby vorging. Vergewaltigt zu werden, muss bei einem Mädchen einen schweren Schock auslösen. Wem konnte sie sich danach anvertrauen? Bestimmt hat sie erwogen, ihre Mutter, ihren Vater oder ihren Bruder um Rat zu fragen, doch sie muss schnell erkannt haben, dass das zu nichts führen würde. Ihre Mutter ist zwar herzensgut, wäre aber völlig überfordert. Ihr Vater ist noch weniger fähig, Gaby bei einer Strafanzeige zu helfen. Ihr Bruder ist viel zu jung, um ihr einen Rat zu geben.

Heiko stellt sich vor, seine Schwester würde ihm erzählen,

sie sei vergewaltigt worden. Keinen Augenblick würde er zögern, sich den Mann vorzunehmen.

Doch Gaby war hilflos und ließ sich treiben. Sie hatte sich wohl entschlossen, sich zu Hause nichts anmerken zu lassen. Wenn die Mutter ihre blutverschmierte Wäsche bemerkt hat, wird Gaby gesagt haben, sie hätte ihre Periode gehabt.

Gaby ist Flüchtling aus Schlesien. Sie ist ungeschoren durch die Kriegswirren gekommen, ohne von russischen Soldaten geschändet worden zu sein. Nun ist sie doch noch von einem Dreckskerl vergewaltigt worden, der nicht besser ist als die Soldateska.

In Heiko rumort es. Jede Bürgerin, jeder Bürger weiß, dass Vergewaltigungen streng bestraft werden. Warum nimmt Gaby sie dann gottergeben hin? Wie ist G.S. auf die Idee zu dem Verbrechen gekommen? Vielleicht glaubte er ja, sie hätte es darauf angelegt? Vielleicht hat Gaby ihm erzählt, sie gehe zum Tanzen in die *Jungmühle*, und er schätzte sie daraufhin als leichtes Mädchen mit Engelsgesicht ein? Frauen, die sich nachts auf St. Pauli vergnügten, nahmen es wohl nicht so genau. Warum sollte er nicht mit ihr auch einmal sein Vergnügen haben? Und was ein Mal klappt, wird wieder klappen, kann G.S. gedacht haben.

Diese Gedanken halten Heiko gefangen. Als besonders schlimm empfindet er es, dass er keinen handfesten Beweis hat. Die Ohnmacht, dass dieser Kerl ungestraft davonkommen soll, macht Heiko fast wahnsinnig. Er muss sich immer wieder bremsen.

Als Gaby im Juni 1949 arbeitslos wurde, erhielt sie kein Zeugnis. Warum sie entlassen wurde, weiß Heiko nicht. Es ist nicht auszuschließen, dass G.S. Gabys überdrüssig geworden war, weil sie nicht mehr die Geliebte ihres Vorgesetzten sein wollte.

Heiko brennt darauf, den Täter der Justiz zu übergeben. Immer wieder redet er mit Engelszungen auf Gaby ein, ihm endlich die Chance zu geben, Einzelheiten zu nennen, wie die Vergewaltigung abgelaufen ist. Heiko ist von einem unbeschreiblichen Hass auf G.S. erfüllt und muss sich immer wieder zurücknehmen, keine Dummheiten zu machen.

Doch Gaby gibt Heiko keine Gelegenheit, seine Wut auf G.S. loszuwerden. Immer wenn Heiko von einer Vergewaltigung hört oder liest, wird er schlagartig an Gaby und den Täter erinnert. Heiko kann sich nicht damit abfinden, dass hier eine Rechnung nicht beglichen worden ist.

Heiko findet keine Ruhe, und er zweifelt auch an Gaby. Immer wieder fragt er sich: Hat sie ihn belogen? War sie doch die Geliebte ihres Vorgesetzten? Hat sie sich benutzen lassen?

Heiko entschließt sich, G.S. zu stellen und ihm einen Denkzettel zu verpassen. Er hofft, dadurch einen Prozess zu provozieren und einen Teil der Wahrheit zu erfahren.

Heiko ruft G.S. an. Der macht den gleichen unverschämten und arroganten Eindruck wie am besagten Tag im Oktober 1948. Er lege keinen Wert darauf, sich mit Heiko zu treffen. Wieder fliegt der Hörer auf die Gabel.

Gut, dann muss es anders gehen, sagt sich Heiko. Er kann sich ausrechnen, wann G.S. aus der U-Bahn-Station in der Nähe seiner Wohnung kommen wird. Dort wartet Heiko auf G.S. Er betrachtet jeden männlichen Fahrgast, der aus dem Tunnel der U-Bahn-Station kommt. Und er hat Glück. Er erkennt G.S., geht forsch auf ihn zu und spricht ihn an. „Wissen Sie, wer ich bin?"

G.S. sieht Heiko von oben herab an und schweigt.

„Ich möchte von Ihnen wissen, was Sie mit Gaby gemacht haben!", sagt Heiko drohend.

„Lassen Sie mich in Frieden!" G.S. dreht sich um und will fortgehen.

Heiko packt ihn am Jackett. G.S. will sich losreißen und Heiko verpasst ihm eine schallende Ohrfeige. G.S. schlägt zurück. Seine Aktentasche fällt zu Boden. Heiko schlägt nun mit der Faust zu. Sein aufgestauter Hass gegen G.S. entlädt sich. Nun ist Heiko nicht mehr zu halten. Er steckt einige Schläge ein, aber er bemerkt es nicht. Eine Menschentraube bildet sich um die beiden Streithähne. Heiko ist wie im Rausch. Ruhig und sehr gezielt setzt er jeden Faustschlag an. Er ist glücklich. Vielleicht ist es die einzige Sprache, die der verhasste G.S. versteht: Faustschläge ins Gesicht.

Heikos Fäuste fliegen. Bei jedem Schlag, den er G.S. verpasst, empfindet er ein Stück Befriedigung. Er weiß, viel fehlt nicht und G.S. wird sich nicht mehr wehren können. Doch Heiko wird erst innehalten, wenn G.S. am Boden liegt.

Die Schaulustigen gaffen. Warum schlagen diese zwei so verbissen aufeinander ein?

Plötzlich ist ein Peterwagen vor Ort. Zwei Polizisten trennen die Kontrahenten.

Wer hat die Polizei gerufen, fragt sich Heiko. Wie ist es möglich, dass die so schnell gekommen ist?

G.S. hebt seine Aktentasche vom Boden auf. Seine Nase blutet. Mit einem Taschentuch versucht er, das Blut zu stillen. Heikos Lippe ist aufgeplatzt.

Während der Polizist die Personalien aufnimmt, fragt Heiko den anderen Polizisten: „Wer hat Sie informiert?"

„Die Meldung ist aus dem Zigarettengeschäft gekommen", antwortet der. „Warum haben Sie sich geprügelt?", wendet er sich an G.S.

„Ich weiß nicht, was der Mann von mir will", behauptet G.S. „Er hat mich angegriffen. Vielleicht hat er mich mit jemandem verwechselt?"

„Er soll Ihnen ruhig sagen, worum die Auseinandersetzung geht!", mischt sich Heiko ein. „Natürlich kennt er mich. Ich wollte eine Erklärung von ihm haben, aber er wollte sich aus dem Staub machen. Und dadurch entstand die Prügelei. Es

Das Bedürfnis und die Vergewaltigung

wird mir nichts anderes übrig bleiben, als die Justiz anzurufen."

Heiko überlegt, ob er sagen soll, G.S. habe seine Verlobte vergewaltigt. Wenn er nur den kleinsten Beweis in Händen hielte, würde er es tun. Aber Gaby hat ihm immer wieder zu verstehen gegeben, dass sie sich an nichts erinnern kann, außer dass sie etwas getrunken hat, ihr anschließend unwohl wurde und man sie vergewaltigte.

Mit diesen Angaben würde sich Heiko lächerlich machen. G.S. würde über seine Hilflosigkeit triumphieren. Außerdem würde sich Heiko womöglich selbst in große Schwierigkeiten bringen. Schließlich kann Gaby auch gelogen haben.

G.S. und Heiko müssen in den Peterwagen steigen. Das Geschehen soll auf der Wache zu Protokoll genommen werden.

Doch die Polizisten überlegen es sich anders. „Weißt du, das ist eine Privatsache", sagt der eine zu seinem Kollegen. „Das sollen sie auf zivilrechtlichem Wege austragen. Halt an, dann kann einer von den beiden aussteigen! Den anderen setzen wir etwas später ab. So kommen sie sich nicht mehr ins Gehege."

G.S. verlässt zuerst den Peterwagen, Heiko wird zwei Straßen weiter abgesetzt.

Heiko überlegt: Soll er zu G.S.' Wohnung gehen, um ihn dort erneut zu stellen und endlich die Wahrheit zu erfahren? Aber wenn Gaby doch gelogen hat, um ihr eigenes Verhalten zu übertünchen? Eine falsche Anschuldigung wäre eine schwere Belastung für die Familie von G.S.

Heiko weiß, vor Gericht wird nach dem Prinzip „in dubio pro reo" geurteilt. Selbst wenn es zu einer Anklage kommen sollte, hat Heiko keinerlei Beweise, dass Gaby vergewaltigt worden ist. Außerdem kann sich während des Prozesses herausstellen, dass Gaby nach der Vergewaltigung oder auch schon vorher die Geliebte von G.S. war. Das wäre Heiko nicht recht, würde ihn aber auch nicht überraschen.

Ist es nicht besser und richtig, sich von Gaby zu lösen? Heiko wird sich immer wieder die Frage stellen müssen, warum Gaby ihm sagte, sie hätte noch nie zuvor mit einem Mann geschlafen, und anschließend stellt sich heraus, sie war nicht mehr unangetastet. Dass sie dies mit einer Vergewaltigung durch ihren Vorgesetzten erklärte, der sie mit einem Betäubungsmittel willenlos gemacht haben soll, wird Heikos Misstrauen nicht ausräumen können.

Wieder überlegt er, die Familie von G.S. in die Angelegenheit einzuweihen. Der wird dann auf jeden Fall reagieren müssen. Vielleicht wird er in dieser Situation bekennen müssen, er habe mit Gaby ein Verhältnis gehabt, sie aber nicht vergewaltigt. Wenn dies dabei herauskäme, wäre endlich zumindest ein Teil der Wahrheit bekannt geworden und jede Spekulation hätte damit ihr Ende gefunden. Das hätte aber wohl zur Folge, dass das Familienleben von G.S. belastet oder gar zerstört werden würde.

Genau dies will Heiko nicht auf sich nehmen. Er will vermeiden, dass die Kinder ihren Vater für den Rest ihres Lebens als Ehebrecher oder gar Verbrecher betrachten.

Liebschaften, die Vorgesetzte mit abhängigen Mitarbeiterinnen unterhalten, werden häufig nicht bekannt. Wenn aber doch, hat dies nicht selten katastrophale Folgen für die betroffenen Familien.

Heiko glaubt, wenn sich eine Angestellte mit ihrem verheirateten Vorgesetzten einlässt, der vielleicht auch noch Vater von Kindern ist, ist es ihre Entscheidung. Er will hier nicht Richter spielen und eine Familie ins Elend treiben. Ihn interessiert nur, ob Gaby ein Verhältnis mit ihrem Vorgesetzten hatte. Wenn Gaby tatsächlich ein Verhältnis mit G. S. hatte, sollte sich Heiko dann von ihr trennen?

Heiko entscheidet sich, selbst wenn Gaby über Monate die

Geliebte mit G. S. gewesen sein sollte und Heiko in dieser Zeit betrogen hat, Gaby zu verzeihen.

Als Konfirmand hat Heiko ein unvergessliches Erlebnis gehabt. Sein Pfarrer, der ihn konfirmierte, hat in seiner Predigt das Foltern der Gefangenen und die Misshandlungen der Gefangenen beklagt und für die gepeinigten und gefolterten Menschen gebetet. Der Pfarrer wurde von der Gestapo verhaftet und niemand hörte wieder von ihm. Hinter vorgehaltener Hand raunten sich die Bewohner in der Gemeinde zu: „Die Gestapo hat unseren Pfarrer verhaftet!"

Heiko konnte es nicht glauben, dass der Pfarrer verhaftet worden ist, weil er für Menschen, die gequält und gefoltert werden, betet.

Diese Begebenheit hat Heiko erkennen lassen, dass der Mensch das Ziel haben sollte, Mensch zu werden, um in einer lebenswerten Welt leben zu können.

Die „Christliche Lehre" ist eine unentbehrliche Hilfe auf dem Weg zu diesem Ziel. Das Verzeihen und das Vergeben ist unverzichtbarer Teil der christlichen Lehre. Selbst, wenn sich herausstellen sollte, dass Gaby mit G. S. es immer wieder im Werk und außerhalb getrieben haben sollte und Heiko über Monate betrogen hat, verzeiht und vergibt Heiko Gaby.

Vergessen kann Heiko nicht, dass Gaby einen Frauenschänder vor der gerechten Strafe möglicherweise bewahrte. Für Heiko bleibt es unbegreiflich, dass eine Frau mit ihrem Vergewaltiger noch Monate gemeinsam in einem Raum zusammenarbeitete.

Heiko wird bis ans Ende des Lebens nicht damit fertig, dass ein möglicher Frauenschänder seiner gerechten Strafe entgehen konnte. Eine ungesühnte Vergewaltigung ist für den Mann, dessen Frau geschändet worden ist, eine immer wieder auftretende Qual und eine sehr schwere psychische Belastung, wenn er durch die Medien von Vergewaltigungen erfährt.